„Was ich geleistet habe, ist nur ein Erfolg des Alleinseins."

Franz Kafka

Jürgen Heimlich

# Die Rückkehr von K.

(K)eine Biographie

Bibliografische Information der Deutschen Nationalbibliothek: Die Deutsche Nationalbibliothek verzeichnet diese Publikation in der Deutschen Nationalbibliografie; detaillierte bibliografische Daten sind im Internet über dnb.d-nb.de abrufbar.

**TWENTYSIX – Der Self-Publishing-Verlag**
Eine Kooperation zwischen der Verlagsgruppe Random House und BoD – Books on Demand

© 2020 Heimlich, Jürgen

Herstellung und Verlag:
BoD – Books on Demand, Norderstedt

ISBN: 978-3-7407-7024-2

# I

Endlich raffe ich mich dazu auf, mich dem Projekt zu widmen, das meine Beziehung zu meinem Lieblingsschriftsteller Franz Kafka in den Fokus stellt. Mein Leben ist seit Jahrzehnten sehr stark von den Schriften Franz Kafkas geprägt. Zudem habe ich viele Biographien über ihn gelesen, und mich selbst gefragt, ob ich auch eine schreiben könnte.

Da klopft es an der Tür. Wahrscheinlich wieder wer, der mir irgendetwas verkaufen will, denke ich mir. Also warte ich ab. Doch das Klopfen wird lauter. Vielleicht etwas Wichtiges? Ich gehe also zur Tür und öffne sie. Draußen steht ein Mann mit Hut, der mir bekannt vorkommt. Ich kenne ihn jedenfalls von Fotos aus Büchern. „Sie brauchen aber lange, bis Sie sich sehen lassen. Dabei können Sie froh sein, dass ich mir für Sie Zeit nehme." Ich versuche zu lächeln. Irgendwie ist mir der Mann vertraut, aber von wo? „Nun, bitten Sie mich doch herein, guter Mann. Ich habe etwas mit Ihnen zu besprechen." Völlig perplex mache ich eine Handbewegung und der Mann betritt meine Wohnung. „Die Schuhe können Sie anlassen", sage ich.

Der Mann, den ich auf Mitte 50 schätze, folgt mir ins Wohnzimmer. Er setzt sich auf den einzigen Sessel im Raum und ich nehme auf der Couch Platz. Da fällt bei mir endlich der Groschen. „Das kann ja nicht sein. Sie sind doch nicht etwa…" „Oh, ja, der bin ich!", sagt der Mann und lüftet seinen Hut. „Gestatten, Max Brod, bester Freund von Franz Kafka." Diese Tatsache muss ich erst einmal verdauen. „Nun, Sie brauchen nicht nervös zu sein", sagt Max Brod mit einem Lächeln im Gesicht. „Sie haben überlegt, Ihre Verbindung zu Franz Kafka literarisch festzuhalten. Sie wollen Begegnungen in den Raum stellen, wohl fiktive Dialoge mit Franz führen. Tja, ich hatte unzählige Begegnungen mit Franz. Und ich darf Ihnen verraten, dass er mir trotz dieser vielen Begegnungen immer ein großes Geheimnis geblieben ist. Wir waren uns als Freunde sehr nah und doch wirkte er auf mich oft wie ein Fremder. Er konnte von einem Moment zum anderen seine Stimmungslage wechseln und es kam nicht selten vor, dass er vereinbarte Treffen deswegen absagte. Franz wuchs mir ans Herz. Er vertraute mir kurz vor seinem Tod seine Manuskripte an. Ich sollte mich darum kümmern. So verstand ich ihn. Die Manuskripte zu verbrennen konnte nicht in seinem Sinne sein. Ich habe die fantastischen Werke von Franz Kafka der Nachwelt zugänglich gemacht. Nun, und somit will ich Sie nicht länger auf die Folter spannen. Es wäre gut, wenn Sie morgen gegen 14 Uhr an Ihrem Lieblingsplatz am Zentralfriedhof zugegen sind. Dort erwarte ich Sie und wir können in aller Ruhe in Ihrer besonders vertrauten Umgebung sprechen." Max Brod setzt seinen Hut wieder auf und ist im nächsten Moment verschwunden.

Ich bleibe eine Weile einfach sitzen. Ein Tagtraum? Wie sollte ich die Geschehnisse einordnen? Nein, der Besuch von Max Brod war keine Einbildung. In diesem Moment beschließe ich, mein Projekt nicht umzusetzen. Ich sollte die Gelegenheit ergreifen und tun, was Max Brod mir vorschlug, ehe er sich in Luft auflöste...

## II

Als Kind hatte ich das Gefühl, die Erwachsenen würden mir Theater vorspielen. Diese Welt, in der sie agierten, erschien mir wie eine Kulisse. Ich fragte mich, ob das tatsächlich die Realität sei und was mich später erwartete? Meine Fantasie erschuf andere Welten, in denen Ritterturniere stattfanden, Cowboys und Indianer kriegerische Auseinandersetzungen hatten und Frieden schlossen, in denen ein Bäcker Fußballer werden wollte und überhaupt Wunder geschahen. Spiele erschlossen mir einen Zugang zu jenen Welten, die mir näher waren als das, was sich mir zeigte, wenn ich meinem Tagwerk nachging. Ich war in der Volksschule ein guter Schüler. Mit den Gedanken war ich während des Unterrichts aber meist woanders. Ich träumte vor mich hin und imaginierte mir stets neue Welten. Dieses Bewusstsein, dass ich nicht dazu gehöre, verstärkt sich wieder. Nicht jener Welt anzugehören, in der Menschen die Vorherrschaft übernommen haben, obzwar sie hierfür nicht geeignet sind. Der Mensch hat sich die Welt angeeignet und beutet sie gnadenlos aus. Und er versklavt sich oft selbst, beteiligt sich an jenem Spiel, das nur Gewinner und Verlierer kennt.

Hier ist meine Verbindungslinie zu Franz Kafka. Er muss sich sehr verloren in der Welt gefühlt haben. Sein Schreiben war sein Ausweg aus dieser Verlorenheit. Was er schrieb bildete eine Welt ab, die gnadenloser oder besser, unsinniger oder sinnerfüllter ist als jene Welt, in der wir Menschen uns als Kulissenschieber betätigen. Die Figuren taumeln in den Romanen und Erzählungen Kafkas durch eine Welt, an der sie ständig abprallen. Und so überrascht es mich nicht, dass Max Brod mir einen Besuch abgestattet hat. Egal, ob dieser Besuch eine Fantasie oder Realität ist: Er ist Teil dessen, was mich als Menschen kennzeichnet. Ich spiele immer noch gerne, um mich in anderen Welten zu bewegen. Das schönste Spiel aber ist die Literatur. Bücher lassen mich in Gegenden reisen, wo ich nie gedacht hätte, dass sie existieren. Seit ich des Lesens mächtig bin, kann ich auf diese Art des Reisens nicht verzichten. Es ist nicht notwendig, meine Flugangst zu überwinden oder Koffer zu packen. Ich kann mir die

Destination aussuchen und doch weiß ich nie, was mich erwartet.

Sigmund Freud war der Ansicht, dass das Schreiben die Fortsetzung des kindlichen Spiels ist. Auch Franz Kafka liebte es zu spielen. Er dachte sich sogar kleine Theaterstücke aus, die er seinen drei Schwestern mit Begeisterung vorspielte. In Berlin, in schlechter gesundheitlicher Verfassung, schrieb er Briefe einer Puppe an ein Mädchen, der diese Puppe verloren gegangen war. Die Puppe wurde lebendig, und das Mädchen wird begeistert von den Briefen gewesen sein. Literatur eröffnet Erfahrungsräume, die der Kulisse Welt überlegen sind. Wer keine Fantasie hat, der scheitert an der Welt mit Karacho. Wäre die Welt nicht mehr, als wir zu sehen bekommen, dann könnten wir unsere Hände in die Hosentaschen stecken und uns dazu verurteilen, überhaupt nichts zu tun. Franz Kafka entdeckte die prächtigsten Orte und die schrecklichsten Gegenden und nimmt seine Leser mit auf die Reise.

Ich bleibe mir treu, indem ich über die Welt hinaus denke und den Besuch von Max Brod nicht als Unmöglichkeit qualifiziere. Ob ich dies als metaphysisches Phänomen oder als überbordende Fantasie einstufen soll, ist so und so über jene Kulissen zu stellen, die sehr viele Menschen Tag für Tag herumschieben und dabei selbst nicht von der Stelle kommen.

III

Ich bin pünktlich am vereinbarten Ort. Ein Mann sitzt auf der Bank, wo ich gerne sinniere. Neben ihm steht eine Dose Bier. Der Mann starrt vor sich hin. Er muss in meinem Alter sein, also um die 50. Ich mache einen Schritt auf ihn zu. Er schaut auf und lächelt. „Da sind Sie also, Herr Heimlich! Setzen Sie sich doch zu mir!" Ich nicke. Wir sitzen einige Minuten stumm da. Ich betrachte das Grab. Der ehemalige Chefinspektor Kneiffer hat es sich zu Lebzeiten organisieren lassen. Gleich in der Nähe ist die Grabstätte von Linda Wunderlich, der Frau, die er so sehr geliebt hat, dass er ihre kriminelle Energie nicht erkennen wollte.

„Max hat mir gesagt, dass er heute keine Zeit hat. Und im Grunde bin ich Ihnen als Konversationspartner wohl lieber?", sagt der Mann und trinkt einen Schluck Bier. Mit einem Mal wird die Figur lebendig. Ja, das ist Blumfeld, MEIN Blumfeld! Der Blumfeld aus dem Universum von Franz Kafka, den ich in die Jetzt-Zeit transformierte. Der sich das Leben nahm und den ich Jahre später wie Rip van Winkle wieder zum Leben erweckte. „Damit haben Sie mir ganz schön was aufgebürdet!", sagt Blumfeld und rümpft dabei die Nase. „Warum haben Sie mich nicht einfach tot sein lassen? Ich konnte mit der Welt ja nichts mehr anfangen. Alles hatte sich verändert. Und es ist ja nicht so angenehm, sich als Fremder zu fühlen. Ich hätte auf diese Erfahrung verzichten können." Ich stehe auf und stelle mich vor das Grab von Eduard Kneiffer. Dann drehe ich mich um, sodass mir Blumfelds Blick ins Herz dringen kann. „Ich habe Sie nie vergessen, Herr Blumfeld! Sie sind mir noch näher als Kneiffer. Mit Kneiffer verbindet mich einiges und doch gibt es viel mehr Divergenzen. Sie aber sind so eine Art Bruder im Geiste. Ein herumirrender Geist sogar. Freilich habe ich die schrecklichen Erfahrungen nicht gemacht, mit denen ich Sie allein ließ. Die Untiefen Ihrer Seele repräsentieren allerdings jene Wunden, die mir das Leben zufügte oder zufügen hätte können. Also, ich freue mich, nun Ihre Bekanntschaft zu machen..."

Blumfeld steht nun auch auf. Er ist größer als ich. Trägt einen tadellosen Anzug mit Krawatte. Er ist ein schöner Mann. „Sie können mir glauben", sagt er mit einem melancholischen Ton in der Stimme. „Sie können mir wirklich glauben, dass ich nichts dagegen hätte, wenn Sie mich endgültig aus Ihren Alpträumen verbannen. Sehen Sie, was aus mir geworden ist. Ich bin ein Säufer, ich lese schlechte Zeitungen, ich lebe in einer Einzimmerwohnung zusammen mit einer alten Katze. Und ich bin immer noch arbeitslos. Was habe ich noch zu erwarten? Sie haben mir das Leben gegeben, es mir genommen und wieder gegeben. Das ist kein Spaß. Für mich ist das eine Qual. Ich habe mich schon einmal umgebracht und werde es nicht nochmals tun. Nicht, weil ich am Leben hänge, sondern weil es keinen Unterschied macht." Ich stelle mich vor Blumfeld und lege ihm meine Hände auf seine Schultern. „Vielleicht haben Sie jetzt eine besondere Aufgabe! Wie ist es sonst zu erklären, dass Max Brod Sie hierher geschickt hat, um mich zu treffen?" Blumfeld löst meine Hände von seinen Schultern und verschränkt seine Arme vor der Brust. „Darauf soll ich also stolz sein, was?" Ich bemerke seinen zynischen Tonfall. „Ich kann auch einfach wieder gehen...", sage ich und halte Blumfeld meine Hand hin. „Lassen Sie die Faxen!", sagt Blumfeld ärgerlich. „Es liegt alles in Ihrer Macht! Ich bin bloß Ihre Figur. Ich agiere so, wie Sie es wünschen. Nur, dass Sie mich allein gelassen haben nach all dem, was geschehen ist. Das werde ich Ihnen nie verzeihen! Hören Sie, Herr Heimlich: Max Brod hat mir aufgetragen, Ihnen diese Nachricht zu übergeben." Blumfeld steckt mir ein Kuvert zu. Ich nehme das Kuvert in Empfang. „Danke", sage ich und Blumfeld ist nicht mehr da. Ich setze mich wieder auf die Bank und entnehme dem Kuvert einen Zettel.

*Lieber Herr Heimlich,*

*ich hoffe, Sie sind nicht zu enttäuscht von Herrn Blumfeld. Er ist jetzt wieder daheim bei seiner Katze. Nun, in diesem Kuvert finden Sie eine Visitenkarte. Es ist die Visitenkarte eines Hotelmanagers aus Prag. Sie sind herzlich eingeladen, eine Woche in Prag zu verbringen. Die Kosten übernehmen wir. Fragen Sie nicht, wer „wir" ist. Betrachten Sie es einfach als das, was es ist. Ein Geburtstagsgeschenk nämlich. Sie begehen in Bälde einen runden Geburtstag und wenn Sie in Wien bleiben, sind Sie an Ihre Figuren gekettet. Sie haben sich ja davon überzeugen können, wie schlecht es Herrn Blumfeld geht. Gönnen Sie ihm Erholung, und bereiten Sie sich auf die Reise nach Prag vor. Morgen früh geht es los. Viel Spaß in Prag!*

*Ein Freund.*

Ich breche in Tränen aus. Prag also! Eine Einladung! Ja, in der Tat, warum in Wien verweilen, wo Franz Kafka sein Leben lang nicht von Prag losgekommen ist? Ich weiß nicht, ob ich je Wien langfristig den Rücken kehren werde. Aber ich weiß, dass ich eine Mission zu erfüllen habe. Prag wartet auf mich. Im Kuvert entdecke ich neben der Visitenkarte auch noch Bahntickets. Hinfahrt und Rückfahrt. Ich bin bereit.

## IV

Da bin ich ein wenig überfordert. In ein paar Stunden werde ich im Zug nach Prag sitzen. Jetzt liege ich im Bett und kann nicht schlafen. Franz Kafka starb kurz vor seinem einundvierzigsten Geburtstag. Und ich bin also bald fünfzig. Wie das klingt, fünfzig! Was wäre gewesen, wenn Franz Kafka fünfzig Jahre alt geworden wäre? Welche Romane hätte er noch geschrieben? Und hätte er über seinen fünfzigsten Geburtstag hinaus das gleiche Schicksal erleiden müssen wie seine Schwestern, die Opfer des Holocaust wurden? Ich bin in eine andere Zeit in eine andere Stadt hinein geboren worden. Franz Kafka war Jude in Prag und gehörte auch noch einer deutschen Minderheit an. Ich lebe in Wien vergleichsweise wie eine Made im Speck. Kafka wäre fast in Wien gelandet, wenn er nicht im letzten Moment eine Anstellung in Prag bekommen hätte. Ich kann mir überhaupt nicht vorstellen, wie es einem Mann wie Franz Kafka in Wien ergangen wäre. Abseits von jener Welt, die ihn geprägt hat. Es war wohl gut, dass es ihn nicht nach Wien verschlug.

# V

Die Abfahrt des Zuges verzögert sich. Ich schaue auf die Uhr und lache über mich selbst. Ist doch egal, ob ich eine halbe Stunde früher oder später in Prag bin. Was hat das bisschen Zeit überhaupt für eine Bedeutung? Wie viel Zeit habe ich in meinem Leben nicht schon mit sinnlosen Beschäftigungen vergeudet? Es ist ein Ding der Unmöglichkeit, ein Leben zu führen, in dem keine Zeit vergeudet wird. Also entspanne ich mich. Und siehe da, die Abfahrt des Zuges wird angekündigt. Keine fünf Minuten mehr. Also nehme ich mein Köfferchen und steige in jenen Waggon, der einen Sitzplatz für mich bereit halten soll. Es handelt sich um einen Sitzplatz in einem sogenannten Großraumwagen. Eine Frau schiebt einen Kinderwagen unmittelbar vor mir. Langsam gehe ich ihr nach, bis ich einen unbesetzten Platz auf der linken Seite sehe. Ich betrachte die Sitznummer und weiß, dass es sich um meinen Platz handelt. Das Köfferchen nimmt mir ein sehr großer Mann ab, der es mit roher Gewalt in das Gepäcknetz schleudert. Ich bedanke mich für seine Hilfe.

Ich hole die Tageszeitung aus meinem kleinen Rucksack. Doch ich beginne nicht zu lesen. Ich blättere die Zeitung nur kurz durch und schaue dann aus dem Fenster. Der Zug hat sich in Bewegung gesetzt. Er verlässt den Bahnhof und wird mich nach Prag bringen. Es ist einige Jahre her, dass ich zuletzt in Prag war. Und nun schlägt mein Herz plötzlich schneller. Ich bin kein Freund schneller Entscheidungen. Aber einem geschenkten Gaul schaut man nicht ins Maul. Ich freue mich auf meine Lieblingsstadt und kann es nicht erwarten, in der Altstadt zu flanieren, die Karlsbrücke zu überqueren, gut zu essen und Bier zu trinken. Ach, das wird eine Freude sein...

„Spendieren Sie mir einen Cocktail!" Ich höre diese Worte wie eine Aufforderung. Eine junge Frau mit rötlichen Haaren sitzt mir gegenüber. Sie war mir bislang gar nicht aufgefallen. Solche Worte, wie sie die junge Frau gewählt hat, kenne ich nur aus Filmen mit Jack Lemmon und Shirley MacLaine. „Nun, was ist, Mister?" Ich winke galant mit der Hand. „Dann müssen wir uns in den Speisewagen begeben, Gnädigste." Und wir sitzen keine Minute später an einem Tischchen im Speisewagen. „Du hast das Herz am rechten Fleck!", sagt die junge Frau und kneift mich in die Wange. „Ich bin Frieda, mein Jung!"

Frieda, Frieda, irgendwie sagt mir der Name etwas... „Nu, schau nicht so überrascht. Ich weiß doch, dass dich Blumfeld schickt, wa?" Hm, ein Berliner Tatsch schwingt in ihrer Stimme mit. Und sie weiß also von Blumfeld und seinem Geschenk an mich? „Klar weß ich das, Mensch! Bin ja nicht von vorgestern. Blumfeld ist ja ein Ausbund aus deiner Feder, ne? Bist ja ein Schriftsteller!" Der Kellner bringt den Cocktail. Ich begnüge mich mit einer Tasse heißer Schokolade mit Schlag. „Der Cocktail wird mich in Schwung bringen. Den werde ich brauchen, um Klamm zu imponieren." Frieda prostet mir zu. Ich sehe mich um. Die Inneneinrichtung des Speiswagens wirkt altmodisch. Ein Kronleuchter baumelt von der Decke. Und ich sehe keinen Menschen, der mit einem Smartphone hantiert. Die Welt ist so, wie sie vor dem großen Knall gewesen sein mag.

„Sie sind also Frieda und wohnen im Dorf?", frage ich und schaue Frieda tief in die Augen. „Wissen Sie doch ohnehin, ne, warum also fragen Sie so doof! Ja, ich lebe im Dorf und manchmal darf ich zu Klamm und er erwählt mich dann zu seiner Geliebten. Schön ist er ja nicht, der Kerl. Kahlköpfig und viel zu alt für mich… Nun, ich will nicht unverschämt sein, jung sind Sie auch nicht mehr. Aber immerhin Schriftsteller. Sie lieben es zu schreiben. Und so sind Sie auf einer Reise zu sich selbst. Ordne ich das richtig ein?" Ich schlürfe ein wenig heiße Schokolade. „Ich glaube, ich brauche auch einen Cocktail, Fräulein Frieda!" Sie lacht herzhaft auf. „Wie sich das anhört, Mensch! Einfach Frieda, Männeken, Frieda, Frieda und nochmals Frieda. Und ich darf Sie doch Jürgen nennen, ne?"

Sie lächelt mich an. „Das Schloss wartet auf Sie, ne?"


Frieda und ich haben viel zu besprechen. Genau genommen hat sie mir viel zu sagen. Über Klamm, über den Landvermesser, mit dem sie nicht mehr liiert ist, über den ewig herrschenden Winter im Dorf. „Es tut mir leid, aber es gilt mich zu verabschieden. Ich werde von einer Kutsche abgeholt. Sehen Sie?" Frieda zeigt aus dem Zugfenster. Ja, da draußen steht eine Kutsche. Zwei schwarze Pferde warten darauf, ihre Arbeit zu verrichten. „Und wenn ich Sie begleiten..." Frieda ist verschwunden, und ich konnte ihr nicht mal die Wange küssen.

„Wir kommen bald in Prag an. Beeilen Sie sich, Ihr Gepäck zu holen." Ein Zugbegleiter rümpft seine Nase. „Ja, natürlich", sage ich und fühle mich ertappt. Ich blicke nach oben. Kein Kronleuchter mehr zu sehen. Und an meinem Platz im Großraumwagen angekommen sehe ich einen Mann mittleren Alters, der in einer mir unbekannten Sprache in sein Smartphone spricht. „Wo waren Sie die ganze Zeit?", fragt mich eine junge Frau mir gegenüber, die eine gewisse Ähnlichkeit mit Frieda hat. „Nun, im Speisewagen", sage ich wahrheitsgemäß. „Erzählen Sie mir keine Märchen, junger Mann! Ich war vorher eine gute Stunde im Speisewagen und von Ihnen war keine Spur. Sind Sie in geheimer Mission unterwegs?" Sie zwinkert mir zu. Sie deutet mit dem Zeigefinger in Richtung eines mächtig wirkenden Koffers. „Sie sind doch kräftig genug, um mir meinen schweren Koffer herunter zu holen, nicht wahr?" Ich nicke und mache mich ans Werk. „Friederike heiße ich übrigens", stellt sie sich vor, als ich ins Schwitzen gekommen den Koffer vorsichtig auf dem Boden platziere. „Ich bin erfreut, Sie kennen zu lernen. Mein Name ist Jürgen." Ich strecke ihr die Hand entgegen. Friederike macht eine leichte Verbeugung. „Ich kenne Sie von einer Lesung. Ich bin die Mutter des Buben, der einmal ein Autogramm von Ihnen wollte." Nun bin ich endgültig baff. „Sie sind..." Die Frau drückt mir hastig einen Zettel in die Hand. „Heute um 22 Uhr sind Sie herzlich eingeladen, in den Zirkus zu kommen. Ich bin die Schlangenfrau." Und schon begibt sie sich mitsamt dem schweren Koffer auf den Weg, um den Zug zu verlassen. Als ich aussteige, kann ich sie nirgends mehr entdecken. Ich entfalte schließlich den Zettel.

*Kommen Sie und staunen Sie! Der Zirkus hat nur heute für Sie Zeit! Verpassen Sie die Gelegenheit nicht!*

Und dann noch eine Adresse. „Keine Minute im Zug war vergeudete Zeit", denke ich mir. Wenn das so weiter geht, dann werde ich mich in einen Optimisten verwandeln. Was für ein Chaos!

VI

Der Fantasie sind keine Grenzen gesetzt. Als ich ernsthaft zu schreiben begonnen habe, war es mir ein Bedürfnis, meinem Unglück Luft zu verschaffen. Ja, ich hatte das Gefühl, in meinem Käfig zu ersticken, der mich von der Welt trennte. Es entstanden sehr triste Geschichten und Gedichte. Dabei wäre es einfach gewesen, eine eigene Welt zu erschaffen, in der die Dinge anders laufen als in der sogenannten Realität. Ich war vom Pfad abgekommen. Eine Beschreibung der Kulissen hätte meine Traurigkeit mildern können. Mit Humor und Wortwitz hätte ich dem Horror begegnen können. Doch ich tat nichts dergleichen. Ich suhlte mich in meiner selbstgewählten Verlorenheit.

Schreiben war sicher auch für Franz Kafka ein Ventil. Er hat sich dem Schreibprozess hingegeben und wusste schon bald, nichts anderes zu wollen. Er prallte insbesondere an seinem Vater ab, der dem Schreiben des Sohnes nichts abgewinnen konnte. Kafka ließ sich von der Übermacht des Vaters aber nicht von seinem Weg abbringen. Das ist ihm hoch anzurechnen. Er machte weiter und schuf Werke, die von einer ungeheuren Intensität getragen sind. Kafka schrieb ohne Konzept. Er überlegte sich nicht, was passieren sollte. Und so gibt es keine fortlaufenden Konstruktionen. Max Brod ordnete nach dem Tod seines Freundes Franz dessen Konvolute. Er versuchte, eine Chronologie abzubilden. Ob die Kapitel der unvollendeten Romane von Franz Kafka einen Zusammenhang oder eine Logik ergeben bleibt dem Leser überlassen. Augenscheinlich ist, dass es Brüche und Zeitsprünge gibt. Kafka kam nie zu einem Schluss, sondern stieß irgendwann an eine Mauer, die er nicht zu überwinden vermochte. Dass er seine Bemühungen als ein Scheitern einstufte, kann angenommen werden. Das Schreiben kann immer nur ein Versuch bleiben, eine Welt abzubilden. Ob diese Welt existiert oder nicht ist nicht der entscheidende Punkt.

Ich schreibe mit einem konstruierenden Ansatz. Ob das einen Unterschied macht ist die Frage, mit der ich mich auseinander setze. Warum nicht die Herangehensweise von Franz Kafka bevorzugen? Vorläufig habe ich für solche Fragen ohnehin keine Zeit, weil ich zu sehr in die Welt von Franz Kafka eingebunden bin. Ich bewege mich mit meinem Köfferchen über den Wenzelsplatz auf die Pension zu, wo ich einige Tage einquartiert sein werde. Seltsamerweise denke ich gar nicht darüber nach, wie ich diese Pension finde. Ich gehe einfach drauf los, erfreue mich daran, in Prag zu sein und bin nicht erstaunt darüber, als die Pension auftaucht. Die Rezeption ist nicht besetzt. Ich betätige eine Klingel und wenige Sekunden später begrüßt mich ein alter Mann mit geblichen Zähnen. „Hier ist Ihr

Schlüssel", sagt er, nachdem ich ihm meinen Namen genannt habe. Ich will die paar Schritte zu meinem Zimmer im ersten Stock zu Fuß bewältigen; da taucht ein junger Mann auf und möchte mir das Köfferchen entwenden. „Ich schaffe das allein", sage ich. Doch der junge Mann lässt nicht locker. „Ich muss darauf bestehen. Das ist meine Aufgabe, das Gepäck neuer Hotelgäste zu tragen." Ich schaue mir den jungen Mann genauer an. Er kann nicht viel älter als 16 Jahre alt sein. Er blickt auf seine Armbanduhr. „Nun, ich mache jetzt kurz Pause. Wollen Sie mir für ein paar Minuten Gesellschaft leisten?" An einem kühlen Tag Mitte November habe ich nichts dagegen einzuwenden. Wir setzen uns an einen kleinen Tisch im Foyer. „Gestatten, mein Name ist Karl", sagt er und ich bemerke eine Mütze auf seinem Kopf, die mir vorhin nicht aufgefallen war. „Sie sind also Page", stelle ich wie selbstverständlich fest. „Aber nein, aber nein", sagt Karl. „Ich bin Liftboy. Und ich darf es mir nicht erlauben, die Aufzüge auch nur für einen Augenblick in Stich zu lassen." „Aber jetzt sitzen Sie mit mir an einem Tisch", sage ich. „Ja, sehen Sie, das ist nicht ohne Risiko. Doch wer hat schon die Gelegenheit, mit einem Mann an einem Tisch zu sitzen, der eine ausgeprägte Vorliebe für die Literatur von Franz Kafka hat?" Ich muss dem Burschen beipflichten. „Wissen Sie", sagt er und spricht so leise, dass ich sehr aufmerksam hinhören muss. „Ich bin nicht älter geworden. Das unterscheidet mich von Ihnen. Ich bin immer noch der kleine Karl, der alles falsch macht und der

Amerika nicht den Rücken kehren kann. Da haben Sie es viel besser, Herr Heimlich! Sie steuern auf einen runden Geburtstag zu und haben es sich zur Aufgabe gemacht, Figuren wie mich aufzusuchen. Ich finde das gut, das können Sie mir glauben!" Mir fällt auf, dass aus der Pension ein Hotel geworden ist. Mehrere Aufzüge werden von Liftboys bedient. Ihnen ist es vorbehalten, die Hotelgäste zu befördern. Und es gibt ein Kommen und Gehen von Personal. Köche, Stubenmädchen und Pagen nehmen offenbar ununterbrochen Aufträge entgegen. Ein dicker Mann tippt Karl auf die Schulter. „Was hältst du die Hotelgäste auf? Gehe zu deinem Aufzug! Wenn du noch einmal Pause machst, ohne dich vorher bei mir zu melden, ist deine Zeit hier abgelaufen!" Und dann wendet sich der Mann an mich. „Gut, dass Sie da sind, mein Herr! Meine Nachricht hat Sie hergeführt, sehr fein!" Mit eiligen Schritten entfernt sich der Hotelmanager von uns. „Befreien Sie sich von diesem Hotel", sage ich zu Karl. Er steckt mir noch schnell eine Visitenkarte zu. Immer diese Visitenkarten! Erst Blumfeld und jetzt Karl Rossmann!

*Treten Sie ein ins Naturtheater Oklahoma! Sie haben nur eine Chance! Morgen abends ab 21 Uhr. Wir verlassen uns auf Sie!*

Um dorthin zu gelangen, werde ich Prag verlassen müssen. Karl ist also nicht mehr im Theater. Aber wer hält es schon so viele Jahre in einem Theater aus, das für ihn ein Fluchtpunkt gewesen sein muss? Ich habe die Chance, in reifem Alter die Prüfung zu bestehen. Das Hotel existiert nicht mehr. Ich nehme meinen Schlüssel und gehe zu Fuß die Treppen hoch. Kein Karl, der mir das Köfferchen trägt. Das Zimmer ist spartanisch eingerichtet. Ein Bett, zwei Stühle, ein Kasten für das Gepäck, ein kleines Badezimmer. Die Toilette ist offenbar am Gang. Ich lege mich aufs Bett und will mich zunächst einmal von den Reisestrapazen erholen.

## VII

Das wäre alles ja ganz einfach. Viele Figuren erfinden und auftreten lassen. Ein Gewusel an Figuren. Und jede hätte eine eigene Aufgabe und Konturen. Wie bei Ulysses irgendwie. Mal so, mal so. Da käme der Leser durcheinander, wüsste nicht mehr, wo vorn und hinten ist. Und was hat das überhaupt mit Harry Haller zu tun? Harry, ja, genau der! Eine bürgerliche Existenz, die sich mit einem Rasiermesser genau am 50. Geburtstag die Kehle aufschneiden will. War es die Kehle oder waren es die Pulsadern? Ich kann da jetzt auch nicht nachschlagen. Hermann Hesse halt. Steppenwolf.

Eh klar. Und dieses Festkleben an einer bürgerlichen Existenz. Kafka immer mit Anzug und Krawatte. Und wurde ihm abgenommen, dass er eine bürgerliche Existenz anstrebt? Das war ja alles widersinnig. Kafka hat sich verkleidet, nie ein Interesse an einer bürgerlichen Existenz gehabt. In welcher Montur hat er seine literarischen Werke geschrieben? Saß er am Schreibtisch und war er stets perfekt gekleidet? Oder schrieb er im Pyjama oder Hausanzug? Fragen über Fragen... Wenn ich nur wüsste...


Ich schrecke aus dem Schlaf auf. Ein wildes Klopfen an die Tür hat mich geweckt. Schlaftrunken hieve ich mich aus dem Bett. Das Klopfen wird lauter. Fast schon im Laufschritt begebe ich mich zur Tür. „Wer ist da?", frage ich mit leiser Stimme. „Öffnen Sie, lieber Herr und schauen Sie auf die Uhr!" Uhr habe ich gerade keine parat. Doch die Tür ist schnell geöffnet. Draußen steht Max Brod. Und er trägt den gleichen Anzug wie Kafka in meinem Traum. „Na, beeilen Sie sich oder wollen Sie Ihren Termin versäumen?" „Woher wissen Sie?" „Seien Sie nicht albern!", sagt Max Brod und lacht auf. „Es ist bald neun Uhr abends." Ich überlege einen Moment. Ach ja, die Einladung. Ich muss schnell in den Tiefschlaf gefallen sein. „Keine Müdigkeit vorschützen, ziehen Sie sich an und dann auf zum Zirkus!" Max Brod stemmt seine Hände in die Hüften. „Und ziehen Sie sich was Elegantes an." Ich schüttle den Kopf. „So was habe ich nicht dabei." „Schauen Sie in den Kasten. All Ihre Wünsche sind nur eine Frage der Einstellung." Ich stelle fest, dass der feinste Zwirn im Kasten hängt. Und passt dann auch noch wie angegossen.

Max Brod geht an meiner Seite. Er wartet offenbar darauf, dass ich etwas sage. „Nun, lieber Herr Brod... Ich freue mich, Ihre Bekanntschaft geschlossen zu haben. Ja, ich bin Ihnen dankbar, schließlich waren Sie es ja, der mich vom Schreibtisch buchstäblich weggezogen hat. Und nun führe ich meine Fantasie spazieren und eine Zirkusvorstellung wartet auf mich." Max Brod gibt einen merkwürdigen Ton von sich. „Habe ich etwas Falsches gesagt? Friederike... Ich erzähle Ihnen von Friederike. Dabei war es ja ihr Sohn, dem ich das Schlamassel zu verdanken habe." Ich lache über meine eigenen Worte. Und bemerke, dass ich keinen Ansprechpartner mehr habe. Max Brod ist mal wieder einfach so verschwunden. Ich weiß ohnehin, dass ich rechtzeitig das Zirkuszelt erreichen werde. Ist ja groß genug, und wie sollte ich es da übersehen? Tatsächlich habe ich Friederike damals nur aus der Entfernung gesehen. Ihr Sohn kam nach einer Lesung zu mir und bat um ein Autogramm. Er hatte meinen neuesten Krimi in der Hand. „Ich muss dich aber warnen, da gibt es ziemlich brutale Szenen, und du bist ja noch sehr jung!" Für den Buben war das kein Problem. „Ich habe schon Ihren ersten Krimi mit zehn gelesen. Hat mir gut gefallen und ich bin gespannt auf die Fortsetzung." Also signierte ich das Buch an geeigneter Stelle und seine Mutter winkte mir aus einigen Metern Entfernung zu. Lesungen sind überhaupt so eine Sache. Meine erste öffentliche Lesung war in einem Gasthaus in Wien Donaustadt. Ich las eine Kurzgeschichte über die Erlebnisse eines Friedhofswärters. Und erntete dafür etwas Applaus. Viel Zuhörer hatte ich nicht, vielleicht fünf oder zehn, weiß ich nicht mehr genau. Meine Lesung aus dem Krimi verfolgten dann aber sicher fünfzig Menschen. Darunter Friederike und ihr 12-jähriger Sohn.

Da ist auch schon das Zirkuszelt. Ich bekomme problemlos eine Eintrittskarte, obwohl die Vorstellung ausverkauft ist. Und da sehe ich ihn! Das ist er, mein einst jüngster Leser. Ich kann mich sofort an ihn erinnern. Er bemerkt mich auch und geht mir entgegen. „Schön, dass Sie da sind, meine Mutter und ich freuen uns sehr!" Ich drücke dem jungen Mann die Hand. „Du müsstest jetzt 20 sein oder so, nicht wahr?" Er nickt. „Ja, vorgestern bin ich 20 geworden. Und habe auch Ihren dritten Krimi gelesen." „Allerhand", sage ich. „So viele Leser wird es nicht geben, die meine drei Krimis gelesen haben." Da wird es dunkel. Mit einer Taschenlampe führt mich der junge Mann zu meinem Sitzplatz. Die Zirkusvorstellung dauert länger als erwartet. Und von Friederike keine Spur. Seiltänzer, Jongleure, Clowns, Luftakrobaten, eine harmlose Tierdressur,

Feuerschlucker, Trapezkünstler und so weiter. Volles Programm also. „Aber nun die Schlangenfrau!", wird Friederike angekündigt. Sie macht die unglaublichsten Körperverrenkungen. Ich kann gar nicht hinsehen. „Stark, meine Mama, was?" Ihr Sohn ist offensichtlich ganz hingerissen. Und ich auch, wo ich jetzt hinsehe. Ein kleiner Koffer steht auf der Bühne. Und Friederike verbiegt sich dermaßen gekonnt, dass der Koffer mit ihr drin geschlossen werden kann. „Voila", sagt der Zirkusdirektor oder was immer der Mann sein mag. Und das Licht geht aus. Enormer Applaus. Das war also der krönende Abschluss der Vorstellung; die Nummer mit Friederike.

Ich will mich vom Sohnemann verabschieden, aber er hat was dagegen. „Meine Mutter können Sie doch in Ihrer eingezwängten Situation nicht alleine lassen." Er zeigt auf die Bühne. „Dort steht der Koffer, greifen Sie zu!" Ich schaue zur Seite, und der junge Mann ist nicht mehr da. Dafür steht der kleine Koffer auf der Bühne. Und auf ihm steht etwas geschrieben: NEHMEN SIE MICH MIT! Na, das geht aber... Da bin wohl ich gemeint, das kann jetzt aber nicht sein. Friederike kennt mich doch gar nicht. Ich habe sie nur einmal flüchtig gesehen. Da ertönt aus dem Koffer eine liebliche Stimme: „Als Schriftsteller können Sie auch lesen, nicht wahr! NEHMEN SIE MICH MIT!" Nun, wenn es der Dame danach gelüstet, dann trage ich den Koffer zu mir ins Pensionszimmer. Ich nehme den Koffer und bin erstaunt, wie leicht er ist. Friederike muss ein Leichtgewicht sein. Mit viel Elan gehe ich durch die Straßen von Prag. In meinem Koffer harrt Friederike der Dinge. Ob sie darin überhaupt Luft bekommt? Das kann in der Tat lebensgefährlich sein. Ich rufe ihren Namen. Der Koffer bleibt stumm. Und wo ist jetzt der Sohn? Ich hätte ihn fragen können, was ich tun soll. Ach, es gilt, den Koffer zu öffnen, und zu hoffen, dass Friederike noch lebt! Sehr vorsichtig versuche ich den Koffer zu öffnen. „Keine Sorge, ich lebe noch", höre ich eine Stimme. „Die Kombination sage ich Ihnen, wenn wir in Ihrem Zimmer sind." Diese Frauen, denke ich mir. Wer weiß, was heute noch passieren wird...

VIII

Ich stelle den Koffer in meinem Zimmer ab. Er ist verdächtig leicht, noch leichter als bei meinem Aufbruch zur Pension. „7 5 3", höre ich ein krächzendes Stimmchen rufen. Friederike wird kaum mehr Luft bekommen, ich habe es ja geahnt! Also, schnell die Kombination einstellen und das Köfferchen öffnen! Und es erfasst mich ein großer Schrecken. Denn im Koffer befindet sich nicht eine Frau meines Alters, sondern ein hässlicher Käfer, der mühsam ein paar Beinchen ausstreckt und sich aus seinem Gefängnis zu befreien versucht. „Helfen Sie mir!", sagt er und es fällt mir schwer, die Kreatur anzusehen. Ich kippe den Koffer ein wenig und der Käfer plumpst heraus. „Danke", sagt der Käfer. Erst jetzt bemerke ich den Apfel, der in seinem Körper steckt. Ein Apfel, der vor Fäulnis stinkt. „Sagen Sie..." Ich bin etwas verwirrt. „Sind Sie..." Der Käfer bewegt sich auf eine Zimmerwand zu und klettert dann hinauf. Schließlich hängt er an der Decke. „Sie sind es! Natürlich! Sie sind Gregor, Gregor Samsa! Bitte kommen Sie wieder herunter. Ich würde gerne ein Wörtchen mit Ihnen reden." Es dauert einige Zeit, bis der Käfer ansprechbar ist. Er versucht schließlich, sich vor mir aufzubäumen, doch es gelingt ihm nicht. „Ich will doch nur meinem Tagwerk nachgehen, lieber Herr! Als Handlungsreisender habe ich große Verantwortung. Es gilt, meinen Vorgesetzten nicht zu enttäuschen. Eben erst hat er angerufen und mein Vater konnte ihm nur sagen, dass ich krank bin. Aber werde ich je wieder meine menschliche Gestalt annehmen? Sagen Sie es mir, Sie müssen es doch wissen..." Ich schüttle den Kopf. Die Wahrheit darf ich Gregor nicht sagen. Dass er grausam zu Tode kommen wird. Allein gelassen von seiner Familie. Dabei hat er seine Familie viele Jahre ernährt. Und das soll der Dank sein?


Musik erschallt. Also etwas, das Musik sein könnte. Es ist viel zu laut. Was ist da oben los? Es ist nach Mitternacht und die Leute nehmen keine Rücksicht. Dieser Lärm ist unerträglich! Franz Kafka war besonders lärmempfindlich. Es muss schrecklich für ihn gewesen sein, bei all dem Lärm Konzentration zu finden. Er lebte ja immer gemeinsam mit seinen Eltern und dann kamen noch seine drei Schwestern hinzu. Ständig schlugen Türen, ertönten Stimmen. Kafka sehnte sich nach Ruhe. Er wurde im Sommer 1916 von seiner Schwester Ottla unterstützt. Kafka war zu diesem Zeitpunkt 33 Jahre alt. Ottla und er wurden fündig. Ein kleines Häuschen im goldenen Gässchen diente als Fluchtpunkt und ruhiges Plätzchen, um zu schreiben. Was für ein Kontrapunkt zum Lärm im Haus „Zum goldenen Hecht"! Er hörte seinen Nachbarn kaum. Zwar hatte Ottla das Häuschen gemietet, doch benutzte es weitgehend ihr Bruder Franz. Kafka schrieb hier vordergründig. Seine Schwester versorgte ihn mit dem Nötigsten. Er brauchte sich um nichts zu kümmern. Er schrieb meist bis nach Mitternacht. Danach machte er einen kleinen Spaziergang zurück in die Hölle des Lärms. Empfindsamen Menschen wie Kafka ist es nicht zuzumuten, dauerndem Lärm ausgesetzt zu sein. Aber er löste sich nicht von seinem Elternhaus. Er blieb dort wohnen, wo seine Eltern waren. Er zog mit der Familie mehrmals um.

Während ich in Gedanken war, habe ich nicht auf Gregor geachtet. Ich sehe mich im Zimmer um. Keine Spur von dem übergroßen Käfer. Ich schaue auf die Decke, nichts. Auch im Bad ist er nicht. Wohin kann er verschwunden sein? Wieso verschwinden die Figuren und Menschen, die mit Kafka zu tun haben, jedes Mal, ohne sich zu verabschieden? Das ändert nichts an dem Lärm, dem ich ausgesetzt bin. Das ist auf Dauer nicht auszuhalten. Also verlasse ich mein Pensionszimmer und will der Ursache des Lärms auf den Grund gehen. Aus der entsprechenden Zimmertür dringt eine schrille Stimme. Singt da eine Frau eine Arie? Das war mir vorhin nicht aufgefallen. Ich klopfe und sogleich wird die Tür geöffnet. Ein Mann mit wirrem Haar steht vor mir. „Kommen Sie rein, Madame erwartet Sie." In diesem kleinen Pensionszimmer steht ein Waschzuber. Darin befindet sich eine nackte, korpulente Frau. Ein schmächtiger Mann wäscht ihr gerade den Rücken. „Kommen Sie", ruft die Frau mit lauter, durchdringender Stimme. „Waschen Sie mir die Haare!" Ich gehe langsam auf die Frau im Waschzuber zu. „Karl haben wir am Balkon eingesperrt. Er soll uns nicht stören. Wenn Sie mir das Haar waschen, werde ich sehr lieb zu Ihnen sein." Karl, meint die Dame Karl Roßmann? Aber ja, natürlich, das muss die berühmte Brunelda sein! Und Karl Roßmann klopft an die Balkontür. Ich glaube, dass er friert. „Lassen Sie ihn doch herein, um Gottes Willen!", sage ich. „Der junge Mann könnte sonst die Nacht vielleicht nicht überleben." Brunelda lacht irgendwie dreckig, obwohl sie in einem Waschzuber steckt und der Badeschaum ihre Blöße teilweise bedeckt. „Sie wissen doch, dass er wieder herein gerufen werden wird. Ihnen ist es also zu laut, Herr Heimlich?

Sind Sie auch so lärmempfindlich wie unser gemeinsamer Freund Franz?" Da kann ich nur zustimmen. „Ich kann Sie beruhigen. Wenn ich mein Bad genommen habe, werde ich still sein wie eine Tote. Abgesehen von gelegentlichen Schreien, bei denen Sie sich aber nichts denken müssen. Und ich empfehle Ihnen einen Hörschutz! Sie sollten sich so richtig ausschlafen, schließlich wartet morgen das Theater Oklahoma auf Sie. Ich soll Ihnen mitteilen, dass Sie schon um 12 Uhr dort erwartet werden. Um 21 Uhr würden Sie dort niemanden mehr antreffen. Begeben Sie sich also zu Bett und träumen Sie süß." Brunelda hievt ihren mächtigen Körper in die Höhe. Sie ist nicht nur korpulent, sondern auch sehr groß. Sie überragt mich und die beiden anderen Männer fast um zwei Köpfe. „Haben Sie keine Angst. Ich tue Ihnen nichts. Außer Sie wollen sich zu mir legen." Sie entsteigt dem Waschzuber und sofort wird sie von dem jüngeren Mann in mehrere Handtücher gewickelt. „In einer Stunde soll Karl zu mir kommen. Vorher bist du dran", sagt sie zu dem Mann, der mir die Tür geöffnet hat. Ich lüfte einen imaginären Hut und beeile mich, dieses Zimmer zu verlassen. In meinem eigenen Zimmer angekommen ist es mucksmäuschenstill. Als wären ober mir keine Pensionsgäste einquartiert. 12 Uhr also, gut, dass ich nach oben gegangen bin. Ich öffne kurz das Fenster und glaube, auf der Straße von einer Laterne beschienen, einen übergroßen Käfer krabbeln zu sehen. Gregor hat es in die Freiheit geschafft. Wenn da nur der Apfel nicht wäre, der unbedingt rasch entfernt werden sollte. Sonst wird der arme Handelsreisende in Käfergestalt diese Nacht nicht überleben.

## IX

Bevor ich mich zum Naturtheater Oklahoma begebe, esse ich ein reichhaltiges Frühstück. Ham and eggs, zwei Tomaten, kleine Gürkchen, Paprika, Früchtemüsli, ein Apfel, eine Mandarine und eine Schokoladetorte. Als ich bereit zum Aufbruch bin, setzt sich ein Herr mit Hinterhauptglatze zu mir. Er bewundert meinen Anzug. „Verzeihung, dass ich Sie störe", sagt er. „Ich glaube, wir haben den gleichen Weg. Darf ich Sie begleiten?" Ich schaue mir den Mann genauer an. Er trägt eine Brille und ist glatt rasiert. „Ach, es ist eine Unart, mich nicht sofort vorzustellen. Blumfeld mein Name." Das ist aber nicht MEIN Blumfeld, denke ich mir. MEIN Blumfeld wirkt vitaler und jünger. „Ja, Ihr Blumfeld hält sich in Wien auf. Wo sollte er auch sonst sein? ER ist Ihre Figur. Mich gäbe es ohne Franz Kafka nicht. Ich korrespondiere mit Ihrem Blumfeld aber regelmäßig." Mir fällt ein, wie viele Briefe Kafka im Laufe seines Lebens geschrieben hat. Es müssen Tausende gewesen sein. Und alle handschriftlich. Das E-Mail war zu seiner Zeit ja noch nicht in Gebrauch. Überhaupt schrieb Kafka alles mit der Hand, seine Romane, seine Erzählungen. Und es ist ein Glück für die Literaturwissenschaft, dass es so viele Faksimiles von Kafkas Schriften gibt. Mit mir, der ich freilich bloß ein großer Liebhaber von Kafkas Werken bin, hätte die Literaturwissenschaft weniger Glück. Nur meine ersten Schreibversuche, insbesondere der erste verunglückte Roman, liegen handschriftlich vor. Und Vieles ist nicht lesbar. Was für eine glasklare Schrift hatte Franz Kafka! Zwar bedarf es einiger Konzentration, die Faksimiles zu lesen, aber es erschließt sich jedes Wort. „Ich will Sie beim Denken nicht unterbrechen, doch wir müssen bald aufbrechen, sonst kommen wir zu spät. Und das wäre für die Verantwortlichen des Theaters unverzeihlich." Ich nicke Blumfeld zu. Zwei Minuten später gehen wir raschen Schrittes auf Pfaden, die Blumfeld kennt. „Ihr Blumfeld", sagt Kafkas Blumfeld, „hat wieder damit begonnen, sich zu berauschen. Ich schreibe ihm manchmal mehrmals täglich, dass er damit aufhören soll. Es hat ja keinen Sinn, seinen Kummer nur zu ertränken. Warum haben Sie ihn auch wieder aus dem tiefen Schlaf des Todes geholt? Jetzt ist er dazu verurteilt, ein weiteres Mal all das zu erleiden, was das Leben mit sich bringt." Irgendwie hatte ich das Gefühl, die Geschichte von Blumfeld sei noch nicht zu Ende. Und dann also der Entschluss, ihn nach seinem Selbstmord wieder mit der Welt zu konfrontieren, die er aus freiem Entschluss verlassen hatte. „Das ist schrecklich", sage ich. „Wunderbar, dass Sie meinem Blumfeld Trost zusprechen und ihm ein guter Freund sind." Die nächsten Minuten herrscht Schweigen. Und plötzlich nimmt Kafkas Blumfeld ein erhöhtes Tempo auf. Ja, er beginnt zu laufen, und ich kann nur mit Mühe an seiner Seite bleiben. Außer Atem stehen wir schließlich beide vor einem großen Schild, auf dem NATURTHEATER OKLAHOMA geschrieben steht. Das Gebäude ist monströs. Es steht zwischen kleineren Häusern. Ein Türsteher begrüßt uns. „Herzlich willkommen", sagt er und gibt Blumfeld und mir Formulare. „Füllen Sie dies wahrheitsgemäß aus, und melden Sie sich bei der Aufnahme."

Blumfeld geht im Gebäude in eine andere Richtung. Ich suche die für mich zuständige Person. Einige Zeit irre ich in den weitläufigen Gängen herum, bis ich einen Schalter finde. AUFNAHME JÜRGEN HEIMLICH. Also, extra für mich eingerichtet, was für ein Luxus! „Guten Tag", sagt ein junger Mann und ich bin perplex. Karl Rossmann höchstpersönlich nimmt meine ausgefüllten Formulare entgegen. Vor kurzem war er noch ein Gefangener im Pensionszimmer von Brunelda und jetzt... „Freut mich, dass Sie gekommen sind", sagt Karl mit einem Lächeln. „Das Naturtheater Oklahoma ist für jeden da. Niemand bleibt ausgeschlossen. Wer will, kann sich uns anschließen." Karl liest sich meine Bewerbungsunterlagen durch. „Sehr gut, Herr Heimlich. Also, ich muss sagen, dass Sie bei uns genau richtig sind. Doch vor der Festlegung Ihrer Aufnahme muss ich Sie noch etwas aufklären, was die Besonderheiten unseres Theaters betrifft. Zunächst einmal müssen Sie bedenken, dass Sie sich auf zumindest drei Wochen Bereitschaft verpflichten. Und sollte das Gremium entscheiden, Sie darüber hinaus als Mitglied des Ensembles auf unbestimmte Zeit einzustellen, werden Sie ein wunderbares Arbeitsleben haben. Sie werden vergessen, was Sie in Ihrem früheren Leben getan haben. Das Theater wird all Ihre Träume erfüllen. Sie können verwirklichen, was immer Sie sich wünschen. Es liegt ganz bei Ihnen." Das klingt alles sehr verlockend. „Nun, eine Frage habe ich freilich", sage ich bestimmt. „Gibt es einen Haken? Mich an ein Theater für unbestimmte Zeit zu binden würde mein Leben radikal verändern. Bekomme ich beispielsweise einen Arbeitsvertrag und muss ständig abrufbereit sein?" Blumfeld macht sich eine Notiz auf das Formular. „Es gibt tatsächlich einen Punkt, der nicht unerheblich ist. Drei Wochen können Sie tun und lassen, was Sie wollen. Ihnen ist alles erlaubt, was das Theater hergibt. Mit der Entfristung geht dann einher, dass Ihr Alterungsprozess gestoppt ist. Sie bleiben dann für immer so alt, wie Sie jetzt sind. Schauen Sie mich an, ich bin immer noch ein junger Bursche, obwohl ich seit Jahrzehnten hier engagiert bin. Ich konnte bis zum persönlichen Aufnahmeleiter aufsteigen. Das hat seinen Preis."

Für immer 49 Jahre alt sein, nie 50 werden! Was für ein Gedanke! Diese Zahl 50 steht wie eine Unbekannte vor mir, wird aber bald Realität sein. Außer ich entscheide, mich auf unbestimmte Zeit dem Theater anzuschließen. Mir fällt meine Rückfahrkarte und das Pensionszimmer ein. Wenn ich meine Zeit hier nur vertrödle, dann war alles sinnlos.

„Keine Angst", sagt Karl Rossmann. „Die Rückfahrt wird für Sie kein Problem sein. Und jeder, der von uns aufgenommen wird, hat die Möglichkeit, nach drei Wochen aus dem Vertrag mit dem Theater Oklahoma auszusteigen. Das ist bedauerlich, kommt aber sehr oft vor. Sehen Sie, unser fixes Ensemble besteht aus 111 Mitgliedern. In den Jahrzehnten unseres Bestehens haben über 100.000 Menschen drei Wochen bei uns verbracht. Sie konnten sich nicht damit abfinden, nicht mehr altern zu können. Mir ist nun, wenn Sie so wollen, die ewige Jugend gegeben. Sie blieben für immer 49 Jahre alt, was ja kein so harter Schlag sein dürfte..." Karl Rossmann lächelt mich an. „Aber egal. Was können Sie für uns tun, das ist ja die große Frage, die ich jedem Bewerber stelle." Und überraschenderweise brauche ich nicht lange zu überlegen. „Ich fände es großartig, eine Biographie über Franz Kafka zu schreiben. Vielleicht finde ich Inspiration bei Ihnen. Ich weiß nicht, ob ich über schauspielerisches Talent verfüge. Ein bisschen Schreibtalent habe ich möglicherweise. Und dementsprechend..." Karl Rossmann unterbricht mich. „Das ist ungeheuerlich", sagt er. „Nachdem Sie alle Freiheiten haben, zu tun, was Ihnen in unserem

Theater beliebt, lade ich Sie ein, Ihren Traum ein Stück weit zu leben. Und wenn Sie nach drei Wochen das Gefühl haben, die Grenzen zur Welt zu sprengen, welche Ihnen fast fünf Jahrzehnte mehr oder weniger vertraut war, dann bleiben Sie bei uns und schreiben die beste Biographie, die je über Franz Kafka geschrieben sein wird." Die drei Wochen kann ich riskieren. Zumal ich neugierig bin, wie dieses Theater organisiert ist und was mich erwartet. An meinen gewohnten Schreibtisch kann ich ja später noch zurück kehren. „Eine gute, reife Entscheidung!", sagt Karl Rossmann. „Seien Sie herzlich willkommen im Theater Oklahoma! Um 14 Uhr essen alle neuen Ensemblemitglieder zu Mittag. Hier haben Sie Ihren Zimmerschlüssel. Machen Sie sich frisch und ruhen Sie sich etwas aus. Nach dem Mittagessen haben Sie freie Zeit zur Verfügung, um sich ein bisschen bei uns einzuleben. Morgen geht es dann für uns weiter. Sie wissen ja, wir sind ein Naturtheater und auch wenn Sie glauben, sich nur unweit von Prag zu befinden, sind wir in Amerika. Lassen Sie sich von den Häusern nicht täuschen, die an Kafkas Welt gemahnen. Das ist alles Teil der Inszenierung." Und damit gibt mir Karl Rossmann die Hand. JÜRGEN HEIMLICH ZUNÄCHST DREI WOCHEN AUFGENOMMEN steht jetzt auf dem Schild. Karl Rossmann schließt den Schalter und ist im nächsten Moment aus meinem Gesichtsfeld verschwunden.

# X

Ich weiß nicht, was ich mir erwartet habe. Der Speisesaal ist riesig. Mindestens 200 Tische und 800 Stühle sind aufgestellt. Die Tische sind mit farbenfrohen Tischtüchern dekoriert. Nur an einem einzigen Tisch sitzen eine Frau und ein junger Mann. Es herrscht eine gespenstische Stille. Ich trete an die Frau und den jungen Mann heran. Und erlebe eine Überraschung. Friederike und ihr Sohn stehen auf und strecken mir ihre Hände entgegen. „Das nenne ich mal ein Wiedersehen", sage ich. „Wie konnten Sie denn aus dem Inneren des Koffers entfliehen? Und wie war es möglich, dass ein hässlicher Käfer Ihren Platz einnahm?" Friederike drückt mir die Hand und lächelt. „Kafka hat surreale Welten geschaffen. Wie wirklich ist die Wirklichkeit? Meiner Einschätzung nach hat Kafka den Konstruktivismus in seine Schriften einfließen lassen. Jeder konstruiert seine eigene Welt, wie es ihm beliebt. Es gibt hierbei keine Grenzen. Die meisten Menschen bleiben in einer kleinen Welt stecken, in der sich nicht viel abspielt. Es ist Aufgabe der Kunst und der Philosophie, eigene Welten zu entdecken und zu erforschen. In diesen Welten ist es möglich, ein Schlangenmädchen und einen riesigen Käfer die Rollen tauschen zu lassen." Während ich den Gedanken von Friederike zu folgen versuche, erscheint ein Kellner. Er ist bestens gekleidet und fragt uns, ob wir schon gewählt haben. „Wir wissen ja noch nicht, was Sie uns bringen können", sagt der junge Mann. „Ich sehe nirgends eine Speisekarte und Sie haben auch keine mitgebracht." Der Kellner rückt sich seine Krawatte zurecht, die ein wenig verrutscht war. „Sie können essen und trinken, was immer Ihnen einfällt. Ich werde Sie nicht enttäuschen." Friederike, ihr Sohn und ich bestellen die unmöglichsten Speisen. Riesenschnitzel mit Kartoffelknödeln und gemischtem Salat. Hummer, Langusten, Krabben und zwölf Spiegeleier. Und dazu Champagner, Rotwein, Bier und Apfelsaft. Schließlich gilt es, auch ausgiebig zu trinken. Das Gewünschte bringt der Kellner nur wenige Minuten später. Er führt ein Wägelchen mit sich, auf dem all die Speisen Platz haben. Die Getränke stellt er auf den Tisch und schenkt uns drei Gläser Champagner ein. „Verzeihen Sie, wenn ich Sie kurz mit einer Frage belästige. Aber ich bin erstaunt, dass wir die einzigen Gäste in diesem prächtigen Speisesaal sind. Wo sind denn all die Anderen?", frage ich aus einem Geistesblitz heraus. „Das ist leicht erklärt", sagt der Kellner dienstbeflissen. „Sie sind drei Neuankömmlinge. Und jetzt essen nur jene vom Theater in den Dienst gestellten Neuankömmlinge. Alle anderen haben bereits um 12 Uhr gegessen. Der Speisesaal war zum Bersten voll. Meine Kollegen und ich hatten sehr viel zu tun."

Die nächste Stunde gehört ganz Speis und Trank. Wir bestellen auch immer wieder neue Speisen und Getränke. Ich kann gar nicht genug kriegen. Nie in meinem Leben habe ich soviel auf einmal gegessen und getrunken. Mich wundert, dass mir nicht schlecht wird.

„Sie werden also in diesem Theater als Schlangenmädchen auftreten", sage ich an Friederike gewandt. „Wann ist denn die nächste Vorstellung? Und wird Ihnen Ihr Sohn assistieren?" Ehe Friederike mir antworten kann, steht der Kellner an unserem Tisch. Er stützt seine Hände am Tisch ab, als ob er nach Halt sucht. „Ich muss Sie über die Gepflogenheiten in unserem Theater aufklären. Das ist eine meiner Aufgaben. Sie dürfen sich das Naturtheater Oklahoma nicht wie ein klassisches Theater vorstellen. Noch nie wurde etwas inszeniert. Das verstößt gegen unsere Vorstellungen von Theater." Der Sohn von Friederike steht auf und setzt zu einer Rede an. „Mich dünkt, das alles ist ein großer Schwindel. Wer kann schon glauben, was sich uns zeigt?" Die Rede hat schnell ein Ende gefunden. Denn der Kellner macht eine Geste, die den jungen Mann zum Schweigen bringt. „Nur nicht frech werden, mein Lieber. Sehen Sie, ich bin schon eine kleine Ewigkeit hier. In Käfergestalt konnte ich es auf Dauer nicht aushalten. Also habe ich mich verwandelt und bin wieder ein Mensch geworden. Als Mensch lässt es sich auch viel besser leben, das können Sie mir glauben.

Wie hätte ich als Käfer Geschäfte abschließen sollen? Dieses Theater ist eine Erfindung unseres Schöpfers. Wir agieren jedoch ganz frei, können tun und lassen, was wir wollen. Niemand erwartet von uns, ein einzigartiges Stück zu inszenieren. Das Publikum ist eingeladen, jeden Abend von 18 bis 23 Uhr mit uns ein Fest des Lebens zu feiern. Jeder Besucher entscheidet für sich, wohin ihn sein Weg führt. Die Schauspieler interagieren mit den Besuchern. Sie werden schon heute Abend sehen, wie großartig die Bühnenbilder sind, die sich den Schauspielern und den Besuchern präsentieren. Sie brauchen sich auf nichts vorzubereiten. Sie dürfen nicht erwarten, täglich zu proben, damit irgendwann ein Stück die Leute entzückt. Seien Sie nur Sie selbst so wie ich auch. Als Kellner bin ich Teil des Ganzen. Jeder Schauspieler ist Teil des Ganzen. Das Naturtheater Oklahoma ist eine Versuchsanordnung. Jeder ist willkommen, mitzumachen. Die Dinge geschehen einfach so. Niemand wird ausgeschlossen. Um 18 Uhr wird auf dieser Ebene ein großes Tor offen stehen, das die Schauspieler und die Besucher durchschreiten. Und wir werden alle magische Momente erleben." Gregor Samsa verbeugt sich kurz und geht dann dorthin, wo die Küche sein könnte. Er kehrt aber vorläufig nicht zurück.

„Wir dürfen gespannt sein", sage ich. „Ich werde in der verbleibenden Zeit bis 18 Uhr ein wenig das Theater erkunden. Wollen Sie und Ihr Sohn sich mir anschließen?" Friederike schüttelt den Kopf. „Ich bin sehr müde. Vielleicht begleitet Sie Hans?" Der junge Mann klopft sich an die Brust. „Aber klar doch, das mache ich sehr gerne. Nach einem so opulenten Mahl müssen wir uns ja die Füße vertreten, Jürgen, nicht wahr? Und ich schlage vor, dass wir uns duzen. Immerhin werden wir zumindest drei Wochen miteinander verbringen. Da sollten Förmlichkeiten keine Rolle spielen."

Ich finde diesen Vorschlag hervorragend und gebe Friederike einen Kuss auf die Wange. Hans klatscht mit mir ab. Das ist das Vorrecht der Jüngeren. „Der Weg ist das Ziel", sage ich. Hans und ich lassen Friederike zurück und verlassen den Speisesaal.

## XI

Es wäre einfach, vor einem Computerbildschirm zu sitzen, eine Tastatur zu bedienen und zu sehen, wie sich Buchstaben aneinander reihen. Die Buchstaben ergeben vielleicht einen Sinn. Aus ihnen entsteht vielleicht eine Geschichte. Es wäre einfach, diese Geschichte immer weiter zu spinnen, bis daraus ein Roman wird. Und am Ende wäre ich glücklich und zufrieden und der Auffassung, etwas vollbracht zu haben. Es wäre einfacher als das, was jetzt passiert. Denn ich irre durch die Gänge eines Gebäudes, das sich als Theater tarnt. Ich sehe viele geschlossene Türen. Hinter diesen

Türen werden sich Zimmer verbergen, und womöglich befinden sich in diesen Zimmern Menschen. Mit den Menschen könnte ich reden, ich könnte sie fragen, was es mit alledem auf sich hat. „Das sind alles tote Kulissen", höre ich eine Stimme. Ich werde aus meinen Gedanken gerissen. „Hans...", sage ich. „Ich hatte dich ganz vergessen." Der junge Mann schneidet eine Grimasse. „Ich bin dein treuester Leser, das darfst du nicht vergessen. Ich kenne alle deine Romane, Erzählungen, Theaterstücke, Gedichte, Essays und deine Geschichten für Kinder, ich kenne sogar deine Autobiographie und deine Friedhofs-Bücher. Nichts habe ich mir entgehen lassen. Und ich weiß, dass du ein Faible für Kafka hast, wenn ich das so nennen darf. Darum sind wir ja auch hier und haben keine Ahnung, was mit uns passiert. Wo wir jetzt sind, könnte auch Blumfeld sein. DEIN Blumfeld, deine Schöpfung. So etwas wie ein in das 21. Jahrhundert geschleuderter Anti-Held. Blumfeld, der keinen Sinn im Leben findet. Wie konntest du Kafkas Blumfeld in ein anderes Universum transformieren?" Hans wartet darauf, dass ich eine Antwort gebe. Doch so einfach ist das nicht. Es wäre einfach, mich aus dem Staub zu machen. Der Schriftsteller Jürgen Heimlich gelangt an einen Punkt, wo er sich nur mehr verkriechen kann, wo seine eigenen Figuren ihn in die Enge treiben. Mich in einen Bau einrichten, wo ich abgeschieden von der Welt endlich in nahezu vollendeter Stille an der Kafka-Biographie schreiben kann... „Ich bin mit Blumfeld seit 30 Jahren verbunden", sage ich und höre mir selbst zu. „Blumfeld ist so etwas wie die Figur, an der ich mich immer wieder aufs Neue erproben kann. Blumfeld ist unsterblich. Habe ich das jetzt wirklich ausgesprochen?"

Hans geht einige Schritte vor mir. Da erblicke ich neben mir eine offene Tür. Die erste offene Tür inmitten vieler geschlossener Türen. „Treten Sie näher!" Ich durchschreite die Türschwelle und befinde mich in einem Raum, der von einer Petroleumlampe erhellt wird. „Setzen Sie sich." Ein alter Mann sitzt aufrecht in einem Bett und sein zahnloser Mund lächelt mich an. „Ich erzähle Ihnen, wieso es Sie hierher verschlagen hat. Das wollen Sie schließlich wissen." Ich setze mich auf die Bettkante. Der Mann muss über 100 Jahre alt sein. „Na, nicht ganz", sagt der Mann, der eine lustige Schlafmütze trägt. „Sie müssen wissen, dass ich der älteste Schauspieler des Ensembles bin. Und weil ich krank bin, greife ich auf meine Erinnerungen zurück. Ich erzähle den Besuchern meine Geschichte. Wie ich hier her gelangt bin. Es erging mir so wie Ihnen, werter Herr. Ich glaubte, eine Biographie über Franz Kafka schreiben zu können. Nun ja, nicht zu können, aber dazu in der Lage zu sein. Also habe ich mich daran gemacht, und die ersten Sätze geschrieben. Da bekam ich Besuch. Sie wissen schon, wem ich die Tür geöffnet habe." Ein Hustenanfall lässt den ganzen Körper des Mannes erbeben. Dann erzählt er weiter. „Wenige Tage später war ich im Theater und es ist mir vergönnt, einer von nur 111 fixen Ensemblemitgliedern zu sein. Ich rate Ihnen, sich gut zu überlegen, ob Sie bleiben wollen. Ich bin 85 Jahre alt. Und hätte ich mich gegen meinen Verbleib im Theater entschieden, wäre ich längst tot. Ich bleibe bis zu meinem Ende 85 Jahre alt. Mir kann niemand sagen, wann ich in das Reich der Toten gerufen werde. Keine Schauspielerin, kein Schauspieler ist gestorben. Wir sind alle so unsterblich wie Ihr Blumfeld. Ja, Figuren aus dem Universum von Schriftstellern überdauern ihre Schöpfer. Ihr Blumfeld wird nie ein geeignetes Grab finden, um dort in Frieden zu ruhen. Er wird nie begraben werden, seine Asche wird nie verstreut werden, er wird nie beweint werden. Blumfeld kann so viele Abenteuer bestehen, wie er will. Er ist genau so wirklich oder unwirklich wie Sie und ich. Also, wenn Sie nicht auf Dauer in den Klauen dieses Theaters gefangen sein wollen, dann suchen Sie sich einen Weg nach draußen. Wo ist denn Hans?" Im nächsten Moment höre ich ein Schnarchen. Auf Zehenspitzen verlasse ich das Zimmer. Und vor der Tür steht Hans und deutet einen Kinnhaken in meine Richtung an. „Sie waren ganz schön lange in diesem dunklen Loch verschwunden. Was haben Sie da drin gesucht?"

Bin ich also doch in einem Theater und werde hinters Licht geführt? Da dreht jemand das Licht ab und ein Schatten erscheint auf der Bildfläche. Es ist nicht der

Schatten von Peter Schlemihl. Es ist der Schatten des Jungen, der sich versteckt hält, um nicht von seinen Klassenkameraden verdroschen zu werden. Es ist der Schatten, nicht der Junge selbst. Und der Schatten verschwindet, sobald ich den Lichtschalter betätigt habe. Der Junge selbst steht vor mir und ich sehe die nackte Angst in seinen Augen. „Sie haben mich bald, nicht wahr? Selbst in diesen tristen Gängen kann ich der Strafe nicht entgehen." Und der Junge beginnt zu laufen. Niemand verfolgt ihn. Ich würde ihn gerne beruhigen, aber er ist kein Teil der Geschichte mehr. Es wäre einfach, jetzt aufzuhören und die Dinge auf sich beruhen zu lassen. Das Theater bleibt noch mein Schicksal. Und Karl Rossmann macht eine Verbeugung. „Ihr Schlüssel, Herr Heimlich. Hier ist Ihr Gemach. Seien Sie um 18 Uhr pünktlich im Festsaal." Mein Zimmer ist geräumig, viel geräumiger als ich mir gedacht hätte. Und in den Kästen ist alles, was ich für meinen Aufenthalt brauche. Es gibt sogar ein Badezimmer und eine Toilette. „Nur mehr eine Stunde", sage ich zu mir selbst. Ich will mich nur kurz ausruhen und lege mich aufs Bett. Ach, ist das ein weiches Bett und ich habe gar keine Veranlassung, meine Schuhe auszuziehen...

## XII

Der alte Mann verfolgt mich bis in meine Träume. Er will mich davon überzeugen, keine Biographie über Franz Kafka zu schreiben. Es ist ja unmöglich, sich dieser Aufgabe zu stellen. Alle, die sich dieser Aufgabe bislang gestellt hätten, wären daran gescheitert. Ich sehe das anders. Es gibt sehr wohl Biographen, denen es gelungen ist, das Leben von Franz Kafka kongenial darzustellen. Das will der alte Mann nicht zur Kenntnis nehmen. Die Frage ist nur, ob ich in der Lage bin, eine Biographie zu verfassen, die neue Aspekte beinhaltet. Wie sieht es etwa mit den Texten aus, die Kafka verworfen hat? Was veröffentlicht ist, scheint perfekt zu sein. Jeder Satz sitzt. Kafka hat wenig korrigiert. Manchmal hat er Streichungen durchgeführt. Doch selbst, was er eliminieren wollte, hat eine literarische Qualität. Kafka war selbstkritisch. Er schrieb für sich selbst, und ohne Max Brod wäre vielleicht nie etwas veröffentlicht worden. Er war unzufrieden mit fertigen Manuskripten und warf sie weg. Blieb am Ende das von seinem Werk übrig, das tatsächlich den höchsten literarischen Ansprüchen genügt? Oder gab es Manuskripte, die das dem Leser Zugängliche noch übertreffen? Schriebe ich eine Biographie über Franz Kafka, so würde ich diesen Punkt einfließen lassen.

Ein lautes Geschrei lässt mich aufschrecken. Ich habe vor mich hingedöst, bin Tagträumen nachgehangen. Ich reibe mir die Augen. Im Zimmer ist es dunkel. Es dauert einige Sekunden, bis ich nach dem Aufstehen den Lichtschalter finde. Auf dem Nachtkästchen steht eine Petroleumlampe. Ich öffne die Tür und ein einziger Schritt lässt mich auf einer Bootsanlegestelle stehen bleiben. Keine Spur mehr von dunklen Gängen und geschlossenen Türen. Ein größeres Ruderboot ankert gerade. Vier Männer, drei Frauen und ein Affe winken mir zu. „Ein Platz ist noch frei", ruft mir der Affe zu. „Beeilen Sie sich, es geht gleich los. Nur mit acht Ruderern lässt sich das Boot gut steuern." Im nächsten Moment bin ich Teil der Crew. Mit einigen Ruderschlägen stoßen wir uns von der Anlegestelle ab und schon bewegt sich das Boot geschickt vorwärts. „Nur ran an den Speck", sagt der Affe. Er trägt einen eleganten Anzug mit Krawatte. „Immer vorwärts, meine Damen und Herren, immer vorwärts!" Der Affe sitzt am Rande des Ruderbootes mit übereinander geschlagenen Beinen. „Das ist doch das Motto der modernen Welt: Vorwärts! Glauben Sie mir, ich habe alles mir Mögliche unternommen, um zum Teil dieser Welt zu werden. Ach, bevor ich es vergesse, stelle ich mich Ihnen vor, mein Name ist Rotpeter." Da bin ich für einen Moment erstaunt und halte mit dem Rudern ein. Das Boot gerät sofort in eine leichte Schieflage. „Nur weiter, mein Herr, nur weiter. Nicht überrascht sein! Ja, ich bin Rotpeter und erwachsen geworden. Ich wollte zum

Menschen werden und wurde ein Ungeheuer. Jetzt bin ich in eurer Hölle. Aus der Schleudermaschine bin ich vor vielen Jahren geworfen worden. Ich war den Ansprüchen nicht gewachsen, bin übrig geblieben. Ich bin einer von Vielen. Mir hat niemand zum Vorwurf gemacht, dass ich ein Affe bin. Auch einem Affen kann der Fortschritt dienlich sein. Ich habe Konzerne beraten, war Chefverhandler. Und zuletzt war ich sogar in der Politik. Ich bin unter all den Anderen nicht aufgefallen. Wer sich anpasst, ist Teil des Spiels. Ob ich ein Psychopath oder eine Affe bin, macht keinen Unterschied. Das System spuckt die Leute aus, die mit der Geschwindigkeit nicht mehr mitkommen. Eine Zeit lang habe ich es geschafft, mitzulaufen. Dann wurde ich wegrationalisiert. Ich habe die Leistung nicht mehr erbracht, die von mir verlangt wurde. Es ging dabei nie um Qualität. Ich bin an dem Übermaß an Arbeit gescheitert, den sie mir auf den Tisch geknallt haben. Effizient sein, einen Mehrwert für das Unternehmen generieren, zur Gewinnmaximierung beitragen. Dafür haben sie mir Schmerzensgeld gezahlt. Und die Schmerzen wurden von Tag zu Tag stärker. Am Ende konnte ich mich nicht mehr bewegen. Ich wollte wieder dorthin zurück, wo mich einst die Menschen gefangen genommen haben. Stattdessen galt ich am Arbeitsmarkt als nicht mehr vermittelbar. Psychologische Tests hatte ich zu überstehen. Und wohin hat das geführt? Ich darf jetzt das tun, was ich am Besten kann! In diesem Theater meine Geschichte erzählen und vor dem Wahn des Fortschritts warnen! Ja, meine lieben Ruderinnen und Ruderer! Ich habe mich in die Riemen gelegt und wurde dafür bestraft, für einen Moment inne zu halten und den Augenblick zu genießen. Es gibt keine Trennung mehr zwischen Arbeitszeit und Freizeit. Wer in diesem System erfolgreich sein will, muss ständig in Bereitschaft sein. Da konnte ich nicht mehr mit. Wie gesagt hat mich die Schleudermaschine ausgespuckt. Meine lieben Freunde, seht euch die Welt an! Seht euch an, was der Mensch angerichtet hat und anrichtet! Der Führerkult setzt sich wieder verstärkt durch. Der Mensch will sich alles abnehmen lassen, auch das Denken. Hätte ich mich der Welt der Menschen angepasst, dann würdet Ihr mich jetzt in einer Zwangsjacke sehen! Das Ende der Humanität ist eingeläutet, Rücksichtslosigkeit und Vernichtung sind die Maximen, denen der angepasste Mensch gehorcht. Es gibt freilich Ausnahmen. Aber kann die Welt noch gerettet werden? Die Zerstörungsgewalt des Menschen sorgt dafür, dass die Apokalypse keine Utopie mehr ist. Dabei wäre es noch nicht zu spät. Wenn sich die Vernunft so in die Ruder legt, wie Ihr es jetzt tut, könnte ein Weg aus der Hölle gefunden werden. Ja, die meisten Menschen wissen gar nicht, dass sie sich in der Hölle befinden. Sie fächeln den Teufeln Luft zu, und glauben, frei zu sein. Dabei ist die Selbstausbeutung, die freiwillige Versklavung längst an der Tagesordnung. Nur die da oben, zu denen es keine Verbindung mehr gibt, richten es sich bequem ein. Sie haben keine

Ahnung, wie es dem gemeinen Volk geht. Sie erhöhen noch die Geschwindigkeit der Schleudermaschine, weil sie Wirtschaftswachstum erwarten. Dabei könnte nur eine Drosselung der Geschwindigkeit die Menschheit und wohl auch die Welt retten! Die Menschen wären dann in der Lage, sich auf jene Aufgaben zu besinnen, die dem Kapitalismus im Wege stehen: Kontemplation, Müßiggang, Hinwendung zum Nächsten in Liebe. Der Kapitalismus ist längst gescheitert. Und wenn er weiter wuchert, wird er die Welt wie ein Krebsgeschwür verschlingen. Ihr, meine sehr verehrten Damen und Herren, seid ein Hoffnungsschimmer! Ihr liebt die Literatur und das Theater. Ihr hört sogar einem Affen zu, den die Transparenzgesellschaft ausgestoßen hat. Ich danke euch für eure Aufmerksamkeit! Wir sind gleich wieder an der Anlegestelle, und wenn Ihr wollt, könnt Ihr noch weitere Aufgaben als Schauspielerinnen und Schauspieler wahrnehmen. Ich schließe den Vorhang für heute." Rotpeter lüftet einen imaginären Hut und springt ins Wasser.

Mein Zimmer wird von einem intensiven Licht durchdrungen. Blumfeld, MEIN Blumfeld, sitzt auf dem einzigen Stuhl des Zimmers und liest in einem Buch. Wie ich erkennen kann, sind es die Erzählungen von Franz Kafka. „Ah, Sie sind wieder da, sehr gut!", sagt er und steht auf. „Ich habe auf Sie gewartet. Immerhin bin ich Ihre Figur und Sie haben mir das Leben wieder gegeben. Es ist ein Um und Auf in meinem Inneren. Heute geht es mir gut." „Das freut mich!", sage ich und ersuche Blumfeld, wieder Platz zu nehmen. „Sehen Sie", sagt Blumfeld. „Ich bin kein Mensch des 21. Jahrhunderts. Und ich glaube, darin ähnle ich Ihnen." Das kann ich nur bestätigen. „Das 21. Jahrhundert habe ich noch nicht begriffen. Ich sehne mich danach, wieder ein Mensch unter Menschen zu sein. Ich habe das Gefühl, dass Humanität nur mehr ein fiktiver Begriff ist. Rotpeter hat das eindrucksvoll in Worte gekleidet. Der moderne Mensch hat sich von seiner Natur entfremdet. Er ist Konsument und hat sich für die Moneten und gegen Gott entschieden. Säkularisierung ist nichts anderes als die Abwendung von Gott zugunsten des Kapitals. Der Mensch soll freier sein, wenn er nicht mehr an Gott glaubt. Da er aber an das Kapital und den Konsum glaubt, ist er unfreier als je zuvor." Blumfeld schaut auf seine Armbanduhr. „Ich will Sie nicht weiter stören, Herr Heimlich. Es ist spät geworden. Wir sehen uns sicher bald wieder. Ich wünsche Ihnen eine angenehme Nacht!" Und damit verlässt meine Lieblingsfigur das Zimmer und lässt mich in der Dunkelheit zurück, die sich plötzlich ausbreitet. Da hat Kafkas Blumfeld also nicht recht gehabt, auch MEIN Blumfeld kann außerhalb von Wien existieren! Wollte er eine falsche Fährte legen?

## XIII

Fotos von Franz Kafka gibt es nicht allzu viele. Er lebte in einer Zeit, wo Fotos noch eine Form der Erinnerung verkörperten. Aus den Fotos lässt sich keine Beliebigkeit ablesen. Auch von Selbstinszenierung ist keine Spur. Die digitale Fotografie war noch nicht erfunden und so ist jedes einzelne Foto eine Besonderheit. Ich weiß nicht, ob es ein Foto gibt, auf dem Kafka lächelt oder lacht. Er strahlte schon als Kind eine ausgeprägte Ernsthaftigkeit aus. Ich sollte mir die Fotos einmal genauer ansehen. Vielleicht entdecke ich etwas, das mir bislang unbekannt geblieben ist.

„Aaaaaber jetzt!" Diese beiden Wörter lassen mich aus dem Schlaf hochfahren. Die Stimmen kommen aus dem Nebenzimmer. Die Wände scheinen sehr dünn zu sein. Einige Minuten warte ich ab, ob das Gebrüll nachlässt. Aber da sind zwei Frauen am Werk, die irgendeinen Kampf ausfechten. Also ziehe ich mir einen Morgenmantel an und verlasse mein Zimmer. Ich will gerade an die Tür des Nebenzimmers klopfen, als auch schon die Tür aufgeht. „Was für eine schöne Überraschung", sagt Brunelda und fällt mir um den Hals. Ich suche mich aus ihrer Umarmung zu lösen, ehe ich ersticke. Es gelingt und Brunelda führt mich an ihrer starken Hand zu Frieda. „Da bin ick also wieder", sagt Frieda und gibt mir einen Kuss auf die Wange. „Mensch, so sieht man sich wieder, freut mich sehr, das kannste mir jlauben. Komm, setz dich her zu mir, mein Freund." Sie klopft auf das Bett und ich setze mich vorsichtig hin, als würde ich erwarten, von wilden Ameisen gebissen zu werden. „Wir wollen K. imponieren", sagt Brunelda, die in einer Ecke des Zimmers steht und sich eine Zigarette ansteckt. „Die Frage ist, wer die besseren Argumente hat. Frieda hat ja schon näher Bekanntschaft mit ihm geschlossen. Doch eines Tages ist er verschwunden und nie wieder aufgetaucht. Wir wissen beide, dass er in diesem Theater Unterschlupf gefunden hat, nicht wahr, Frieda?" Frieda nimmt meine Hand und drückt sie leicht. „Ja, irgendwo hier muss er sein, der liebe K. Und was ich mit ihm anstellen wollte... Abhauen mit K., das wäre was, ne? Weg von diesem Dorf und seine ewige Sehnsucht nach dem Schloss beenden. Ach, nach Berlin, dat wäre was, absolut. Da kannste nicht mit, Brunelda. Musst dich mit Karlchen zufrieden jeben, wat?" Brunelda laufen die Tränen über das Gesicht. „Erinnere mich nicht an Karl, Frieda! Er ist ja doch zu jung für mich, dabei ist er ein feiner Mensch. Und ich würde alles für ihn tun! Ich bin es gewohnt, bedient zu werden, aber das ist auf Dauer nicht gut. Ich wollte ganz für Karl da sein und er kann alles von mir haben. Verstehst du, Frieda, alles!" Ich fühle mich fehl am Platz. Die beiden fechten einen Kampf, der nicht gewonnen werden kann.

Das Schauspiel neigt sich keinem Ende zu. Also öffne ich die Tür und draußen steht der Professor. „Kann ich dir behilflich sein?", fragt er mich und klopft mir auf die Schulter. Ich nehme sein Gesicht in meine Hände und drücke ihm einen Kuss auf die Stirn. „Herr Professor, ich kann es gar nicht glauben, dass Sie hier sind..." Wie von Zauberhand fliegt ihm ein Manuskript zu. Er überreicht es mir. „Steckst du vielleicht fest, werter Lieblingsschüler? Kommst du vielleicht nicht weiter? Du darfst deswegen nicht traurig sein. Ich kann dir versprechen, dass es dir gelingen wird, eine Biographie über Franz Kafka zu schreiben. Du wirst selbst Teil dieser Biographie sein, die ich dir hiermit noch in fragmentarischer Form übergebe. Du wirst dich in die Geschichte einbinden und Figuren treffen, die Kafka geschaffen hat. Und dein alter Professor wird einen Gastauftritt haben, nicht mehr." Ich will den Herrn Professor festhalten und nie wieder loslassen. Er lässt mich aber mit dem Manuskript zurück und geht buchstäblich durch die Wand. Ein Geist, wie er im Buche steht! Das alles ist also Zauberei! Und wenn die eine oder andere Figur, die ich selbst geschaffen habe, sich zu dem Ensemble der Figuren Kafkas gesellt, kann das nur sein, weil es einen Zusammenhang zwischen ihnen gibt. Ohne Kafkas Figuren gäbe es meine Figuren nicht. Und ohne Kafka wäre ich nicht von der Idee beseelt, eine Biographie zu schreiben. Eine Biographie, die dann fertig ist, wenn ich das Theater verlasse. Bleibe ich also länger als drei Wochen, so kann es die umfangreichste Biographie in der Literaturgeschichte werden. Eine Biographie mit 10.000 Seiten und mehr. Ich muss vorsichtig sein. Ein kleiner Fehler und alles hat ein vorzeitiges Ende. Aber will ich für immer und ewig 49 Jahre alt bleiben? Bloß, um mir zu beweisen, welch hervorragende Biographie über Franz Kafka ich schreiben kann? Dabei kann kein Autor eine solche Biographie fertig stellen. Kafkas Leben endete viel zu früh. Und so imaginiere ich seine Biographie über seine Zeit hinaus bis in die Gegenwart. „Das ist zu viel des Guten", sagt der Professor und schwebt in einer Höhe von höchstens einem halben Meter. „Du kannst als Schriftsteller alles tun, was dir beliebt. Und in diesem Theater kannst du jegliche Grenze sprengen. Aber du kannst nicht aus deiner Haut hinaus. Du hast dir treu zu bleiben und es gilt, die Konzentration zu bewahren. Es wird ein hartes Stück Arbeit, die Reise fortzusetzen und dem Theater treu zu bleiben. Ich kann dir behilflich sein, wenn du es willst." Ich breche in Tränen aus. „Sie haben mir schon soviel geholfen, Herr Professor! Das lässt sich nicht in Worte fassen. Und jetzt muss ich, verdammt noch mal, da allein durch! Frieda und Brunelda und all die anderen werden es mir danken, dass ich sie kennen lernen will. Und Blumfeld, MEIN Blumfeld, wird eine Schlüsselrolle bei dem Ganzen spielen."

Es schließt sich der Vorhang, aber noch nicht für immer.

## XIV

Kafka studierte nach einem kurzen Ausflug in die Chemie Jus. Er wunderte sich darüber, das Studium erfolgreich abgeschlossen zu haben. Die Noten waren auch nicht die Besten gewesen. Er erlangte den Doktorgrad mit Ach und Krach. Nach dem Praxisjahr beim Prager Land- und Strafgericht gelangte er 1907 zur privaten Versicherungsgesellschaft Assicurazioni Generali in einer Stellung als Aushilfskraft. Die Arbeit, insbesondere die Arbeitszeiten, schmeckten ihm dort überhaupt nicht. Doch schon am 30. Juli 1908 hatte der Spuk ein Ende und er trat seinen Dienst in der Arbeiter-Unfallversicherung an, wo er sein restliches Arbeitsleben beschäftigt blieb. Franz Kafka war nur durch die Hilfe des Vaters seines alten Freundes Felix Ewald Pribram zu dieser Anstellung gekommen. In der AUVA war es ansonsten üblich, keine Juden zu beschäftigen. Die Frage ist, ob es ein „Glücksfall" für ihn war, einer regelmäßigen beruflichen Tätigkeit nachzugehen. Denn die Zeit zum Schreiben musste er dadurch weitgehend in die Abendstunden verschieben. Er litt unter einer Doppelbelastung, der er dauerhaft nicht gewachsen war. Kafka war ein sehr gewissenhafter Beamter. Er verrichtete seine Arbeit zur großen Zufriedenheit seiner Vorgesetzten. Sein Schreibtalent wurde schnell entdeckt, sodass er oft Berichte für die AUVA verfasste. Ihm lag das Wohl der Arbeiter am Herzen. Er wusste genau, wie schrecklich die Arbeitsbedingungen für sie waren. Im Rahmen seiner Möglichkeiten suchte er sich für sie einzusetzen. Sein 1910 geschriebener Jahresbericht zu „Unfallverhütungsmaßnahmen bei Holzhobelmaschinen" führte dazu, dass die Schutzmaßnahmen seitens der Fabriken verbessert wurden und die Arbeiter nicht mehr so häufig schwere Verletzungen davontrugen. Kafka war also im Berufsleben engagiert. Er inspizierte auch im Rahmen von Dienstreisen Fabriken und konnte sich vor Ort vom Stand der Dinge den Unfallschutz betreffend überzeugen. Kafka war ein vorbildlicher Beamter, und es ist erstaunlich, wie er trotz seines Berufslebens dem Schreiben verpflichtet blieb. Er führte Tagebuch, schrieb viele Briefe und es entstanden Erzählungen und Romane. Woher nahm Kafka diese Kraft? Er war untergewichtig und schlaksig. Kafka fühlte sich oft unwohl und depressiv. Er litt unter den Anforderungen des Lebens und gleichzeitig stellte er sich seinen Dämonen. Um bei Kräften zu sein ertüchtigte er seinen Körper durch Morgengymnastik und Rudern. Er konnte seinem Körper nicht viel abgewinnen. Doch ihm war bewusst, dass nur in einem gesunden Körper ein gesunder Geist wohnen kann. Und so gelang es ihm –

auch mit Hilfe eines strikten Tagesablaufes – im Grunde Unmögliches zu erreichen.

Vielleicht hätte sein Leben eine eklatante Wendung bekommen, wäre nicht der erste Weltkrieg ausgebrochen. Kafka hatte sich bis 1914 ein kleines Vermögen an Geld erspart, und beschlossen, sich zwei Jahre lang in Berlin oder München als Schriftsteller niederzulassen. Er war also bereit, seinem geliebten Prag den Rücken zu kehren und sich ganz dem Schreiben zu widmen. Aber schon im Juli änderte der 1. Weltkrieg alles. Obzwar körperlich nicht in guter Verfassung, wollte er als Soldat in den Krieg ziehen. Wieso er dies anstrebte, wusste wohl nur sein Unterbewusstsein. Für die AUVA galt er jedoch als unabkömmlich und so blieb Kafka auch in den Kriegsjahren ein Beamter. Dem Schreiben war er stets treu, da konnte kommen was wollte. Möglicherweise wären andere Werke entstanden, hätte er sich ganz dem Dasein als Schriftsteller hingeben können. Es ist ja offensichtlich, dass seine schriftstellerische Arbeit stark von seiner Tätigkeit als Beamter durchdrungen war. Die Bürokratie muss ihm ein Gräuel gewesen sein, dem er nur durch Galgenhumor ein Schnippchen schlagen konnte. Franz Kafka war stets in Anzug mit Hemd und Krawatte unterwegs. Wer seine Werke liest, der hat dieses Bild von Anzugträgern im Kopf. Konnte er sich mit seiner Kleidung identifizieren? Oder war es einfach ein notwendiges Übel? Tatsächlich muss er sich darin wohl gefühlt haben. Denn er trug seine Anzüge auch privat. Er war durch und durch Beamter und dann wieder doch nicht. Er war ein lebendiger Widerspruch. Franz Kafka lebte fürs Schreiben und las auch sehr viel. Er besuchte Theater und Varietés, lauschte Vorlesungen und Lesungen. Er sog viel Wissen in sich auf und wären da nicht seine von Max Brod angeregten Besuche von Bordellen, dann könnte er vielleicht als Heiliger durchgehen. Max Brods Biographie seines besten Freundes Franz ist ein solches Heiligenbild. Aber Kafka war, wie Max Brod auch wusste, ein Mensch aus Fleisch und Blut und hatte seine Laster. Wer eine Biographie über Franz Kafka schreibt, die das allzu menschliche ausspart, entwirft einen Pappkameraden mit Heiligenschein. Kafkas Arbeitsleben endete frühzeitig mit seiner Pensionierung 1922. Er war zu diesem Zeitpunkt keine 40 Jahre alt und schwer krank. Und er hatte endlich die Möglichkeit, sich ganz dem Schreiben zu widmen. Viel Zeit blieb ihm leider nicht mehr.

## XV

Auf dem Weg zum Speisesaal höre ich plötzlich ein Flüstern an meinem rechten Ohr. „Seien Sie so nett und schenken Sie mir ein paar Minuten." Es ist eine männliche Stimme. Im nächsten Moment werde ich in ein größeres Zimmer gezogen. Überall sehe ich Bilder.

Kleine und große. An den Wänden und gestapelt auf dem Boden. Nur das Bett ist frei von Bildern. Auf dem Bett sitzt der Mann mit Rauschebart. „Machen Sie schnell die Tür zu. Sie sollen davon nichts mitbekommen!" Ich tat wie mir befohlen. „Setzen Sie sich", sagt er und ich nehme direkt neben ihm Platz. Ich will keines der Bilder gefährden. „Sie verfolgen mich. Tag für Tag und auch nachts. Sie wollen, dass ich ihnen sage, was sie wissen wollen. Doch ich tue ihnen den Gefallen nicht." Der Mann steht vorsichtig auf und holt ein Bild von der Wand. Er präsentiert es mir nicht ohne Stolz. „Das bin ich", sagt er und ich sehe sofort, dass er recht hat. Am rechten Bildrand hat er sich selbst gemalt. „Wir Maler tendieren dazu, uns selbst zu inszenieren. Und ich halte damit nicht inne, nur weil sie mich tyrannisieren, verstehen Sie?" Ich schaue mir das Bild genauer an. Es ist nach meiner Einschätzung meisterhaft gemalt. Auf dem Bild ist eine Landschaft zu sehen, die der Maler malt. Er hat sich also während der Arbeit selbst inszeniert. Meisterhaft. „Nennen Sie es egoistisch, das tut nichts zur Sache. Es ist das einzige meiner Bilder, das keinen Bezug zum Theater hat. Schauen Sie sich mal um." Ich lasse meinen Blick schweifen. „Nein, stehen Sie auf. Bewundern Sie jedes einzelne meiner Werke." An mangelndem Selbstvertrauen laboriert der Maler nicht. Ich stehe auf und der erste Schritt vernichtet fast eines der kostbaren Bilder. „Ich habe leider keinen Platz mehr, all die Gemälde unterzubringen. In Galerien müssten sie ausgestellt sein. Und ich kann dankbar dafür sein, dass mir noch keines gestohlen worden ist." Ich setze mich lieber hin. „In diesem Theater können Sie alles tun, was Sie wollen. Jedenfalls wurde es mir so gesagt. Warum stellen Sie Ihre Bilder nicht einfach im Festsaal aus und ergötzen sich an den Reaktionen der Besucher?" Der Maler rümpft die Nase. „Da hat Ihnen wer einen Bären aufgebunden, Herr... Heimlich, soweit ich mich richtig erinnere. Ja, wir können Vieles tun, sind aber von den hohen Herren und deren Gunst abhängig. Wer in Ungnade gefallen ist, kann froh sein, nicht zu verhungern." Ich schaue in diesem Moment sicher dumm aus der Wäsche. Ob das der Maler aus meinem Gesicht ablesen kann? „Also, alles nur ein Hokuspokus, ein Spiel mit falschen Karten... Was erwartet mich dann noch? Ich bin ja erst seit kurzem hier, und fühle mich etwas überfordert. Was kann ich schon beitragen?" Der Maler bekommt einen Lachanfall und kann sich für Minuten nicht beruhigen. „Verzeihen Sie", sagt er dann. „Es ist nur so, dass Sie nicht der Erste sind, dem das passiert. Also der sich selbst fragt, was er beitragen kann und überfragt ist. Ja, Ihre Biographie ist im Entstehen. Wir befinden uns in Amerika, genau genommen in Oklahoma. Nicht in dem Amerika, das Sie auf der Landkarte finden können, sondern im Amerika des Franz Kafka. In jenem Amerika, das er sich vorgestellt hat. Sie wissen ja, dass er nie in Amerika gewesen ist und Fluchtphantasien entwickelt hat. Nicht unbedingt in Richtung Amerika, aber etwa nach Palästina. Kafka liebte und hasste Prag gleichermaßen. Er kam von der Stadt nicht los, die er wie kein anderer Schriftsteller erlebt hat. Kafka kannte jeden Stein in Prag. Er war ein unermüdlicher Stadtwanderer. Und was Sie, werter Herr, für dieses Theater beitragen können, ist sich selbst ins Bild zu setzen. Also das zu tun, was ich tue. Nur mit anderen Mitteln. Sie sind Schriftsteller. Werden Sie also zum Teil Ihrer Biographie über Franz Kafka. Und seien Sie bereit, dafür verfolgt zu werden. Sie werden Ihnen nachjagen, das verspreche ich Ihnen!" Ich überlege, diesen unheimlichen Ort der unzähligen Bilder zu verlassen. „Einen Moment noch", sagt der Maler. „Das Frühstück kann noch etwas warten. Die Kinder sind nicht nur wie Engel, sie können brutal sein. Und sie haben mich schon mal grün und blau geschlagen. Sehen Sie sich das an!" Er zeigt in Richtung eines Bildes, das ich auf Zehenspitzen gehend ansteuere. Ja, auf dem Bild ist der Maler am Boden liegend zu sehen. Ein Bursche von höchstens 10 Jahren tritt ihm in die Seite und der stumme Schrei des Malers liegt in der Luft. „Den Jungen gibt es", sagt er. „Sie müssen ihm schon begegnet sein. Er ist ständig auf der Flucht, obwohl er selbst der Übeltäter ist. Im Grunde verfolgt er mich und sich selbst. Er ist also nicht einmal vor sich selbst sicher." Mein Magen macht sich bemerkbar. „Ich muss jetzt aber..." Ich suche mir einen Weg, der keinem Bild ein Haar krümmt. Dann öffne ich die Tür. DER Junge steht vor der Tür. Also DER Junge, den ich vom Bild her kenne. „Bleib hier draußen stehen", sage ich dem brutalen

Kerl. „Sonst wird dich der Maler nicht mehr verschonen. Du weißt ja gar nicht, welche Kräfte er entwickeln kann." Der Junge versetzt mir einen Schlag in die Magengegend. Hoffentlich muss ich mich vor dem Frühstück nicht übergeben. „Ich bin der Stärkste in diesem miesen Theater", sagt der Schläger und ich glaube, eine Sekunde später einen Entsetzensschrei des Malers zu hören. Ich bin froh darüber, mich schnell vom Schock des Schlages erholt zu haben. Und ich gehe dem Speisesaal entgegen, als hätte ich diesen Schlag nie einstecken müssen.

## XVI

Im Speisesaal angekommen werde ich mit einem hohen Lärmpegel konfrontiert. Alle Tische scheinen besetzt zu sein. Zielstrebig gehe ich auf jenen Tisch zu, den ich schon einmal mit Friederike und ihrem Sohn okkupiert habe. Die beiden begrüßen mich kurz und haben offenbar keine Lust, mit mir ins Gespräch zu kommen. Kaffee und Tee, Semmeln, Brot, Marmelade, etwas Wurst und Käse, ein paar Äpfel und ein Früchtekompott sind für das Frühstück hergerichtet worden. Ich zögere zuzugreifen. Mich interessiert der Nebentisch. Die Gestalten der miteinander in Diskussion befindlichen Menschen sind unscharf. Ich bin bemüht, diesen Gestalten Persönlichkeiten zuzuordnen. Mit viel

Phantasie könnte Franz Kafka selbst darunter sein. Er wäre in diesem Falle der einzige Zuhörer in der Gesprächsrunde. Seine Arme hat er vor der Brust verschränkt. Ich stehe auf, um zu den Gestalten vorzudringen, selbst ein Teil der Gesprächsrunde zu werden. Aber ich pralle an einer Wand ab, die mich vom Nebentisch trennt. Ich verstehe kein einziges Wort. Plötzlich löst sich eine der Gestalten und findet einen Weg zu mir. Der Mann, der durch Wände gehen kann, ist Max Brod. Er zieht seinen Hut. „Verzeihen Sie, Herr Heimlich. Ich habe Sie uns beobachten bemerkt, und so sehe ich mich verpflichtet, Ihnen die Sachlage zu erklären."

Max Brod und ich begeben uns ins Foyer. Hier ist nur ein Barkeeper und Karl Rossmann steht vor den Aufzügen und harrt der Dinge, die da kommen. „Karl wird uns nicht stören. Er ist ganz in seine Aufgabe vertieft. Also, Sie sind mit Ihrer Biographie nicht wirklich voran gekommen, nicht wahr?" Ich nicke. „Das habe ich mir gedacht. Wissen Sie, das Leben hier im Theater stellt uns alle vor große Herausforderungen. Sie haben unseren ältesten Schauspieler kennen gelernt. Er ist neben Ihnen der einzige Biograph von Franz Kafka. Und steht immer noch am Anfang. Sie haben die Szene richtig eingeordnet. Franz war Teil des Ensembles. Er hat sich selbst nicht heraus genommen. Und seine Aufgabe ist es, zu beobachten. Und er schreibt schließlich seine Beobachtungen detailgenau auf. Wie er es zu Lebzeiten ja auch getan hat. Wer Durchhaltevermögen hat, kann für ein paar Stunden an seinem Tisch Platz nehmen. Ich kann Ihnen nicht versprechen, in Zukunft mit ihm ein paar Worte wechseln zu können. Manchmal dauert es zehn Jahre, bis sich die Möglichkeit ergibt. Und ich muss zugeben, dass es bislang acht Mitgliedern des Ensembles gegönnt war, zu Franz vorzudringen. Sie hatten das Glück, drei davon ins Gespräch vertieft zu sehen." Ich hole tief Luft. „Und wenn ich nur fünf Minuten mit Herrn Kafka verbringen dürfte, unter vier Augen? Das wäre für mich mehr als genug. Vielleicht würde mich diese Erfahrung so sehr beflügeln, dass meine Biographie wie von allein geschrieben wird." Max Brod schenkt mir ein Glas Wein ein. „Ich muss Ihnen buchstäblich reinen Wein einschenken, Herr Heimlich. Sie werden nicht in den Genuss kommen, Franz so schnell persönlich kennen zu lernen. Keiner seiner Biographen außer ich selbst hatte dieses Vergnügen. Und selbst meine Biographie – Sie haben sie ja gelesen – kommt Franz nicht wirklich nahe. Ich habe ihn jahrelang gekannt. Wir waren gute Freunde und uns dennoch fremd. Was könnten fünf Minuten der persönlichen Begegnung in Ihrer Einschätzung von Franz Kafka ändern? Er bleibt genau so geheimnisvoll wie vorher. Ich habe Sie hierher gelotst, damit Sie sich darüber klar werden, wie hoffnungslos Ihr Ansinnen ist, eine Biographie über Franz Kafka zu schreiben. Selbst wenn Sie in der Lage wären, ihm ein paar Tage über die Schulter zu schauen, wenn er im Büro ist, schreibt, liebt, unglücklich ist: Sie wären mehr noch als jetzt der Auffassung, ihn nicht erfassen zu können. Sie waren nie ein Teil seiner Welt. Er aber ist ein Teil Ihrer Welt. Sie leben mit dieser Welt und das seit 30 Jahren. Ihr runder Geburtstag naht und Sie sollen sich selbst die Gelegenheit geben, diesen Festtag so angenehm wie möglich zu begehen. Vielleicht sogar in einem Theater? Nun, nicht in einem Theater wie diesem, aber auch in keinem gewöhnlichen Theater, von denen es zu viele gibt. Überlegen Sie es sich, werter Herr! Laden Sie Menschen ein, die Ihnen am Herzen liegen. Lassen Sie sie teilhaben an der Festivität. Bleiben Sie nicht für sich oder im kleinen Kreis. Sie haben nur einmal im Leben die Gelegenheit, einen fünfzigsten Geburtstag zu feiern! Also, tun Sie, was diesem Ereignis angemessen ist. Lebendige Menschen sollen das Theater bevölkern, nicht bloß Figuren. Bedenken Sie, dass ich und alle anderen in diesem Theater und darüber hinaus in Ihrer Geschichte nicht greifbar sind. Wir sind und bleiben Figuren. Wir mögen Ihnen näher sein als so mancher Zeitgenosse. Aber es gibt Menschen, deren Gegenwart Sie bereichert. Menschen, die sich freuen, Sie zu kennen. Diese Menschen sind keine Abstraktionen. Sie können sich ihnen nähern, ohne an einer Wand abzuprallen." Max Brod erhebt sein Glas und steht auf. „Möge Ihr Geburtstag ein ganz besonderer sein!" Ich stehe nun ebenfalls auf und stoße mit Max Brod an. „Melden Sie sich nach dem Mittagessen bei Herrn Blumfeld. KAFKAS Blumfeld. Er erwartet Sie. Meine Rolle habe ich gespielt. Wir werden uns nicht mehr sehen. Also, alles Gute, werden Sie, der Sie sind!" Max Brod entfernt sich mit schnellen Schritten und steigt in einen Aufzug ein. Karl Rossmann, der während der ganzen Zeit wie ein Denkmal dagestanden war, kommt seiner Aufgabe des Liftboys standesgemäß nach.

## XVII

Gegen 10 Uhr ziehen sich wie auf Kommando alle Gäste in ihre privaten Räumlichkeiten zurück. Ich verabschiede mich von Friederike und Hans, aber sie nehmen meine Worte gar nicht wahr. Wie von einer fremden Macht angetrieben stehen sie auf und gehen geordnet ihrer Wege. Ganz allein stehe ich schließlich in dem großen Saal und schaue mich um. „Sie haben Zeit, das ist gut!" Blumfeld, und zwar MEIN Blumfeld streckt mir die Hand entgegen. „Warum bis nach dem Mittagessen warten? Unsere Unterhaltung wird nicht lange dauern. Kafkas Blumfeld steckt in einer Identitätskrise. Ich soll Sie herzlich von ihm grüßen lassen. Er hätte mir gerne die Arbeit abgenommen..." Wir gehen Arm in Arm aus dem Saal und kreuz und quer durch das Gebäude. „So, da wären wir", sagt schließlich mein Blumfeld und lädt mich mit einer kleinen Handbewegung ein, sein Büro zu betreten. Es ist ein riesiges Büro. Hier könnten gut und gerne zehn Leute zugange sein. Auf dem Schreibtisch stapeln sich Akten. „Setzen Sie sich", sagt Blumfeld. Er nimmt den obersten Akt des dritten Stapels von links und legt ihn vor sich. „Nun, ich weiß, was in diesem Akt geschrieben steht. Ich kenne jedes einzelne Wort. Sie haben keine guten Bewertungen erhalten. Rotpeter ist sogar der Auffassung, dass Sie das Theater sabotieren. Sie werden verstehen, dass ich angesichts dieser Aspekte gezwungen bin, Sie außer Dienst zu stellen. Ihre Zeit am Theater ist vorbei. Nehmen Sie es nicht schwer, so geht es den Meisten." Blumfeld lächelt mich an. „Ich verstehe nicht ganz", sage ich nach einer Nachdenkpause. „Ich bin ja erst gestern angekommen und weiß noch gar nicht, wie das Theater organisiert ist. Was soll ich mir für ein Fehlverhalten erlaubt haben?" Blumfeld zuckt mit den Schultern. „Glauben Sie mir; es ist mir durchaus unangenehm, Sie mit einem schlechten Dienstzeugnis zu behelligen. Ich kann nichts Nachteiliges über Sie sagen. Andererseits haben Sie mich einst auch entlassen. Einfach so. Gründe dafür gab es nicht wirklich. Zu alt war ich womöglich, zu teuer. Und Sie wissen, wie schnell es dann mit mir abwärts gegangen ist. Ich habe viel Alkohol konsumiert, und einen Totschlag begangen. Am Ende blieb mir nichts anderes übrig, als mir das Leben zu nehmen. Ich wurde nach vielen Arbeitsjahren entlassen. Sie waren nur einen Tag bei uns und können bald wieder Ihre Freiheit genießen. Dauerhaft hier zu sein ist auch kein Zuckerschlecken." Wie gewonnen, so zerronnen, denke ich mir. Kann das Theater überhaupt so mit mir umgehen? „Ich weiß nicht, ob Sie für die Arbeitsgesellschaft geeignet sind, mein Lieber. Ob Sie sich ausbeuten lassen oder selbst ausbeuten oder beides. Dieses Theater ist auch nicht anders. Es ist ein Spiegel der Arbeitsgesellschaft. Die Schauspieler bekommen Kost und Logis und spielen für Luft und Liebe. Nur wer bereit ist, sich diesem Dilemma auszusetzen, kann längerfristig bei uns bleiben. Sie waren von Anfang an skeptisch. Das wurde mir von den Beurteilern so vermittelt. Haben sich Gedanken über das Geschehen gemacht. Sich gefragt, was es mit den Dingen auf sich hat, mit denen Sie konfrontiert werden. Das ist nicht gut für das Theater. Jeder hat seine eigene Rolle zu finden. Ja, Sie können tun, was Sie wollen, wurde Ihnen gesagt. Wo kämen wir hin, wenn jeder in diesem Theater tun würde, was er will? Die Regeln dieses Theaters müssen entschlüsselt werden. Und alles ist dem Theater unterzuordnen. Gewinnt der Eigensinn die Oberhand, verliert das Theater an Glaubwürdigkeit. So nehmen Sie also Ihr Dienstzeugnis entgegen. Ich gebe Ihnen ein Bahnticket zweiter Klasse nach Wien mit. Abfahrt 12 Uhr mittags auf Gleis 3 am Prager Hauptbahnhof."

Kaum angekommen darf ich auch schon wieder das Feld räumen. Und ich habe nicht einmal Bekanntschaft mit Josef K. geschlossen. Da irrte ich durch Hunderte Gänge und traf auf skurrile Zeitgenossen. Aber wo der

Prozess gegen Josef K. stattfindet, konnte ich nicht in Erfahrung bringen. Ich bleibe ratlos zurück. Und hätte nichts dagegen, wenn mich wer in einen Koffer steckt und in irgendein Zimmer stellt. Dann könnte ein neues Abenteuer beginnen. Mich in jene Welt zurück zu begeben, die gemeinhin als Realität angesehen wird, ist mir unangenehm. Viel lieber wäre ich in dieser Kulisse haften geblieben, die ich selbst erschaffen hatte. Bald werden andere Kulissen aufgezogen sein, und ich kann mich dem Dasein als Konsument und verhinderter Selbstoptimierer nicht entziehen. Eine Daseinsvariante, die mich schaudern macht. Ich muss mich nur beeilen, mein Köfferchen zu packen. Die schönen Anzüge bleiben in jenem Zimmer, in dem ich nur ein einziges Mal übernachten durfte.

## XVIII

In ein paar Stunden werde ich in Wien sein. Nun mache ich mir Notizen. Ich schreibe, was mir einfällt. Die Menschen um mich herum beobachten mich. Ein Mensch, der noch mit der Hand schreibt, ein Weltwunder! Ja, das lässt sich auch nicht ändern. Ich will mich in einen Rausch schreiben, auf einen Punkt bringen, was ich gelernt habe. Und stecke doch in mir fest. Und überlege, ob es gut gewesen wäre, für immer 49 Jahre alt zu bleiben. Franz Kafka starb einen Monat vor seinem 41. Geburtstag. Seine letzten Tage verbrachte er in Kierling in einem Sanatorium. Er war optimistisch, gesund zu werden. Dabei sprach alles dagegen. Kafka hatte Lungentuberkulose und infolge dessen Kehlkopftuberkulose. Er konnte nicht mehr essen und nur wenig trinken. Er erinnerte sich daran, mit seinem Vater gemeinsam Bier getrunken zu haben. Ja, Kafka hatte eine Vorliebe für Bier. Und noch am letzten Tag seines Lebens korrigierte er seine Erzählung von *Josefine und dem Volk der Mäuse*. Kafka hatte in Berlin eine große Liebe erlebt. Dora Diamant war nach Kierling mitgekommen. Er konnte nicht mehr sprechen und schrieb seine Gedanken auf kleine Zettelchen. Und am 3. Juni 1924 starb Franz Kafka. Er trat den Weg in jenes Unbekannte an, das uns Lebenden bevor steht.

Ich bin bald 50. Was für eine Zahl! Ein halbes Jahrhundert! Fünfzig Jahre alt zu werden war für Menschen in früheren Zeiten eine Illusion. Den Menschen war es nicht gegönnt, alt zu werden. Viele starben mit 20 oder 30. Und die Kindersterblichkeit war sehr hoch. Ich bin in eine Zeit hinein geboren, die viele Menschen alt werden lässt. Nicht alle. Babys und Kinder sterben. Es gibt Totgeburten. Und manche Menschen leben nur wenige Minuten oder Stunden. Andere werden 100 Jahre oder älter. Jeder Mensch hat sein eigenes Schicksal und kennt seine Todesstunde nicht, außer er begeht erfolgreichen Suizid. Ich bin bald 50 und weiß nicht, was vor mir liegt. Soll ich Rückschau halten, wenn ich 50 bin? Irgend etwas Neues beginnen? Eine Revolution anzetteln? Tun, was niemand von mir erwarten würde? Mein Leben vollkommen umkrempeln? Oder einfach weiter machen wie bisher? Zu dem zu werden versuchen, der ich bin, wie mir Max Brod geraten hat? Irgendwie habe ich einen Horror vor dieser Zahl 50. Sie wirkt gefährlich, bedrohlich. Bin ich guter Hoffnung angesichts meines 50. Geburtstages? Nun ja, jedenfalls bleibe ich meiner Maxime treu, mich nicht unterkriegen zu lassen. Ich bin lieber erfolgloser Autor als erfolgreicher Bankdirektor. Für mich ist das Schreiben mein Beruf und dann gilt es noch, mit einer Tätigkeit meine Existenz zu sichern. Da habe ich die gleiche Einstellung wie mein Lieblingsschriftsteller Franz Kafka.


„Sind Sie Schriftsteller?" Ein Bursche von höchstens 14 Jahren fragt mich das. „Nein, sagen Sie nichts, ich kenne Sie, natürlich! Sie sind Franz Kafka oder nein, Sie wären gerne Franz Kafka, nicht wahr?" Ich schaue dem Burschen lange in die Augen. Wer als Erster blinzelt, hat verloren und er blinzelt als Erster. „Hm, ob ich gerne Franz Kafka wäre... Vielleicht für einen Tag! In die Haut von Franz Kafka schlüpfen und empfinden, was er empfunden hat. Durch Prag spazieren, meinen Schwestern Kasperletheater vorspielen, einen Brief an Felice schreiben, Max Brod treffen und mit ihm diskutieren. Mein Essen mit Bedacht zu mir nehmen, das berühmte Fletschern, und überhaupt Vegetarier sein. Die Schwimmschule besuchen und auf der Moldau rudern. Und am späten Abend schreiben, schreiben, schreiben, bis ich todmüde ins Bett falle. Gott sei Dank habe ich am Tag darauf kein Büro. Ich werde keine Synagoge besuchen, weil ich das nur an Feiertagen tue. Und ich weiß nicht, was meinem Volk wenige Jahre nach meinem Tod angetan wird. Das größte Verbrechen der Menschheitsgeschichte wird an meinem Volk begangen. Millionen Juden werden vergast, erschossen, zu Tode geschunden, gequält und wie Dreck behandelt. Für einen Tag Franz Kafka zu sein wäre schon was. Ich könnte auch meine Schwestern warnen, und sie emigrieren dann rechtzeitig, um ihrer Ermordung zu entgehen. Ich könnte soviel tun, wenn ich für einen Tag Franz Kafka wäre und also eine Zeitmaschine betrete, die in die Vergangenheit führt und die Gegenwart ändert." Der Bursche lächelt mich an. „Ja, das wäre schon was", flüstert er mir zu. „Aber die Vergangenheit lässt sich nicht ändern und die Zukunft liegt vor Ihnen." Ja, meine Zukunft beginnt mit jedem Augenblick, der vergeht. Ich darf keine Angst vor dieser Zahl 50 haben. Ich werde bereit sein, und das Glück herausfordern. „Das ist gut so", sagt der Bursche und lächelt mich wieder an. Dem Leben mit einem Lächeln begegnen. Es nicht immer nur aufschreiben. Es muss ja kein Lachanfall sein, womit ich auch schon Erfahrung habe. Sondern einfach nur ein Lächeln. Ja, sich im Spiegel selbst anlächeln. Ganz ohne Grund. Und dann Menschen anlächeln. Allzu selten lächeln mich Menschen an. Allzu oft sind sie in ihre eigene Abgrenzung vertieft und starren lieber in ihre Smartphones. Ja, der Welt mit einem Lächeln begegnen, damit kann ich heute schon beginnen.

## XIX

Zwei Mal stand ich am Grab von Franz Kafka. Außer mir war niemand da. Ich fragte mich, welchen Stellenwert er in der Literaturgeschichte hat. Und da sah ich eine Puppe liegen. Eine Puppe, die sehr frauliche Züge hatte. Jahre später sitze ich am Boden in meinem Wohnzimmer und halte die gleiche Puppe in Händen. Sie war einfach da gewesen, als ich die Wohnung betrat. Sie hatte mir ihr Händchen entgegen gestreckt. Ist das Kafkas Puppe, frage ich mich. Die berühmte Puppe, an die er Briefe zu schicken vorgab und damit ein kleines Mädchen beglückte? Aus der Küche nähern sich andere Puppen. Ich beobachte dieses Phänomen aus den Augenwinkeln. Die Puppen stellen sich rund um mich auf. Sie bilden einen Kreis. „Da sind wir also", sagt eine männliche Puppe. „Heute ist dein großer Tag. Und bevor Du mit Glückwünschen aus der realen Welt bestürmt wirst, sind wir zu dir gekommen. Wir sind ein paar Figuren aus dem großen Ensemble, das Franz

Kafka geschaffen hat. Ich bin Gregor Samsa. Du hast mich für ein paar Minuten in meiner menschlichen Gestalt gesehen. Und meine Freundinnen und Freunde sind alle da, um dir zu gratulieren." Die Puppen stellen sich vor und ich drücke ihre Händchen. Frieda, Brunelda, Karl Rossmann, Blumfeld, Rotpeter. Und der Mann im Anzug ist wohl Josef K. Er ist die einzige Puppe, die ihren Hut zieht. Sie sind also alle gekommen und ich sehe ihnen dabei zu, wie sie schrumpfen. Schließlich mutieren sie zu Spielzeugfiguren, mit denen ich Abenteuer erleben kann. Als Kind liebte ich es, eigene Welten zu entwerfen und daran hat sich bis heute nichts geändert. Ob ich je damit aufhören kann? Das Schreiben ist für mich eine Möglichkeit, mich von der Welt zu distanzieren, der ich auf Gedeih und Verderb ausgeliefert bin. Ich will jetzt nicht so kurz vor dem Ende der Geschichte schwarz malen. Ich bin bloß der Erzähler, und wenn ich auch den gleichen Namen wie der Schriftsteller habe, so heißt das nicht, dass ich mit ihm eng verwandt bin. Wie viele Namen gibt es auf der Welt? Und wie viele Namen gleichen sich? Namen sind kein Fingerzeig auf das Ich des Trägers. Und was hat es mit diesem Ich auf sich? Ich bin heute 50 Jahre alt, und dieses Ich hat mich also all die Jahre begleitet. Tag und Nacht war ich mit mir zusammen, habe Glück und Unglück, Freude und Trauer erfahren. Ich weiß nicht, wie viel Zeit mir noch bleibt. Die Spielzeugfiguren sind unbeweglich. Ich bin es, der sie aufleben lassen kann. Es liegt ganz an mir, wie ich mein Leben gestalte. Der Freiraum ist winzig, doch er macht meine Persönlichkeit aus. Ich habe so viele Bücher gelesen in meinem Leben, und frage mich, was davon bleibt... Manche Bücher stehen im Regal und ich habe keine Erinnerung mehr daran, was sie mir sagen wollten. Und es gibt Bücher, die zu engen Vertrauten geworden sind. Darunter die Romane und Erzählungen von Franz Kafka. Seine Bücher wirken nach.

„Entschuldigen Sie, dass ich Sie störe. Aber kann es sein, dass ich hier richtig bin? Ich bin schon zu lange unterwegs und mir ist kalt. Vielleicht haben Sie eine Decke für mich?" Ich blicke auf. Der Mann ist groß und schlank. Er trägt einen Hut. Er hält einen schwarzen Aktenkoffer umklammert. Das kann doch nicht... Ich eile in das Schlafzimmer und bringe dem Herrn die gewünschte Decke. „Ja, Sie sind hier absolut richtig!", sage ich und verbeuge mich vor ihm. „Ihre Odyssee hat ein Ende. Sie brauchen nicht mehr zu frieren und haben nichts mehr zu befürchten. Ich bin überglücklich, dass Sie da sind. Machen Sie es sich auf der Couch bequem." Was für ein Geschenk zu meinem fünfzigsten Geburtstag mir da zuteil wird. Die Rückkehr von K.

Zum Autor:

Jürgen Heimlich wurde 1971 in Wien geboren. Er agierte von 2007 bis 2012 als Krimi-Autor und engagiert sich seit 2016 für die Etablierung der einfachen Sprache als literarisches Genre. Zudem liebt er Friedhöfe und hat Werke über den Wiener Zentralfriedhof im Speziellen und Wiener Friedhöfe veröffentlicht. Sein Stück für Kinder *Dialog mit meinem Schatten* hatte im März 2019 im Theater „Siebenundsiebzig" in Innsbruck Premiere.

Der Autor hat einen besonderen Bezug zu Franz Kafka und dessen Werk. Nun legt er mit dieser Erzählung eine ungewöhnliche Form einer Kafka-Biographie vor, die auch direkt mit seinem eigenen Leben korrespondiert und Figuren aus dem Kafka-Universum in die Jetzt-Zeit transformiert.